DREAMBOOKS★

천하제일쟁자수

권인호 신무협 장편소설

ORIENTAL FANTASYSTORY & ADVENTURE

1

dream books
드림북스

천하제일 쟁자수 1

초판 1쇄 인쇄 2015년 3월 19일
초판 1쇄 발행 2015년 3월 26일

지은이 권인호
발행인 오영배
책임편집 편집부

펴낸 곳 (주)삼양출판사 · 드림북스
주소 서울시 강북구 도봉로 173
대표 전화 02-980-2112 **팩스** 02-983-0660
출판등록 1999년 3월 11일 제9-00046호

ISBN 979-11-313-0247-7 (04810) / 979-11-313-0246-0 (세트)

+ 이 도서의 국립중앙도서관 출판시도서목록(CIP)은 서지정보유통지원시스템홈페이지(http://seoji.nl.go.kr)와 국가자료공동목록시스템(http://www.nl.go.kr/kolisnet)에서 이용하실 수 있습니다. (CIP제어번호: 2015008173)

드림북스는 (주)삼양출판사의 판타지 · 무협 문학 브랜드입니다.

천하제일쟁자수

권인호 신무협 장편소설

ORIENTAL FANTASYSTORY & ADVENTURE

1

dream books
드림북스

목차

天下第一爭子手
천하제일쟁자수

第一章

표사는 표사고 쟁자수는 쟁자수다

"구궁육합진(九宮六合陣)! 구궁육합진을 펼쳐!"

"안 돼! 방금 상재가 칼에 맞았어요!"

"젠장! 그럼 팔절쇄천진(八絕鎖天陣)으로!"

"팔절쇄천진! 팔절쇄천진!"

표두 장하성의 외침에 산개해 있던 표사들이 일제히 복명복창하며 모여들어 원형진을 형성했다.

그러자 항산(恒山) 광랑채(狂浪寨)의 두목 구양수(歐陽修)가 가소롭다는 듯이 크게 웃음을 터트렸다.

"우하하하! 이것들 아주 발악을 하는구나! 밟아! 모조리 다 부숴 버려!"

커다란 대감도와 족히 서른 근은 되어 보이는 쇠망치에 보기만 해도 심장을 떨리게 하는 도끼까지, 광랑채 도적들의 무자비한 공격이 퍼부어지기 시작했다.

챙챙—

까아아앙—

그야말로 폭풍처럼 퍼부어지는 공격이었다.

개인 간의 힘에서도 밀렸고 머릿수에서도 열세였다.

그도 그럴 것이 광랑채라 하면 비록 그 규모는 작지만 흉악하기로는 항산에서 둘째가라면 서러워할 산적패였다. 산서의 군소 표국인 만수표국(滿樹鏢局)의 표사들 십여 명으로는 애당초 상대가 될 리 만무했다.

그럼에도 제법 버티고 있는 것은 도적답게 단순하고 무식한 광랑채에 비해 만수표국의 표사들이 나름대로 진법의 효용을 잘 살리고 있기 때문이었다.

하지만 그래 봤자 임시방편일 뿐이었다. 간신히 버텨 내고는 있지만 원형진은 광랑채의 단순무식한 공격 앞에 당장에라도 종이짝처럼 찢어질 듯 위태로웠다.

"이걸론 안 돼요! 팔절쇄천진은 연습도 얼마 안 했잖아요?"

"어쩔 수 없잖아! 상재가 칼에 맞았다며? 상재 없이 구궁육합진은 무리야!"

"어차피 상재 자리는 천(天)의 자리잖아요. 그냥 가만히 자리만 지키면 되니까 아무한테나 방패 하나 들려서 세워 놓으면 돼요! 그러는 편이 지금보다는 훨씬 더 버티기가 수월할 거라구요!"

"그러니까 대체 누굴 세우냐고! 남는 표사가 없잖아?"

"쟁자수라도 세워야죠! 아, 루하! 루하 있잖아요! 그 녀석 진법 훈련 때 자주 구경했으니까 기본적인 진형은 알고 있을 거예요!"

"루하! 정루하! 어딨어? 어서 나와!"

루하는 표물을 실은 마차 아래에 머리를 박고 숨어 있었다. 그리고 표사들이 하는 말을 그 아래에서 다 듣고 있었다.

'젠장! 내가 왜? 내가 왜 저 흉악한 놈들과 싸워야 하는 거냐고!'

짜증이 치밀었다.

그는 쟁자수였다.

쟁자수는 그저 짐을 실어 주는 짐꾼일 뿐이다. 물론 표국에 따라서는 쟁자수를 보조 표사 정도로 대우해 주고, 만일의 사태에 표사 몫을 할 수 있게 무술 수련에도 참석케 하는 경우가 있지만 만수표국은 표사와 쟁자수의 구분이 명확했다.

표사는 표사고 쟁자수는 쟁자수다.

이번 표행만 해도 나이는 어리지만 수레도 끌 줄 알고 마차도 몰 줄 아는 쟁자수 경력 이 년차인 그의 출행비가 고작 두 냥인데 비해, 이번이 처녀 표행인 초보 표사는 무려 세 배가 넘는 은자 일곱 냥을 받았다. 게다가 쟁자수는 표사들과는 엄연히 독립된 계약직인데도 마치 자기들이 상전인 양 쟁자수들을 종 부리듯 하기 일쑤였고, 옆에서 삼류무공이라도 한 자락 배워 볼라치면 '네까짓 게 무슨' 이라며 거드름이나 피워 댔다. 구궁육합진만 해도 자신들 밥그릇이라도 탐낸다 생각했는지, 가까이서 구경하는 것조차 싫은 내색 팍팍 내는 바람에 멀찍이 떨어져서 눈치껏 훔쳐봐야 했다.

'그래 놓고 급해지니까 어미 젖 찾는 강아지 새끼마냥 루하, 루하 불러 대는 꼴이라니.'

가소롭기도 하고 한심하기도 했다.

그나저나 정말이지 난감한 상황이었다.

"루하! 루하 어딨냐니까! 설마 도망간 거야?"

지금 이 순간에도 표사들이 저렇게나 애타게 그를 찾고 있는데, 나가자니 흉악한 도적들이 너무 무섭고 그렇다고 마냥 이렇게 숨어만 있자니 달리 대책이 없다.

그가 보기에도 팔절쇄천진으로는 역부족이었다. 후발대

가 당도할 때까지 버티려면 만수표국의 대표 진법인 구궁육합진을 써야 했다. 그리고 그러자면 저 흉악한 도적놈들이 살수를 뿌려 대고 있는 위험천만한 곳으로 자신이 직접 들어가 진의 한 축을 담당하는 수밖에 없었다.

'젠장! 젠장!'

이럴 줄 알았으면 광랑채가 나타났을 때 다른 쟁자수들처럼 그냥 뒤도 안 보고 달아나 버릴 걸 그랬다.

출행비를 받지 못하게 되는 게 아깝기도 했지만 무엇보다 표국에 대한 일말의 의리와 책임감 같은 것 때문에 차마 혼자 살고자 등을 돌리지 못했던 것인데, 결국 그 한순간의 판단 착오가 그를 지금 죽음의 위기로 내몰고 있었다.

이젠 달아날 수도 없다. 숨어만 있을 수도 없다.

표사들이 이대로 무너지면 어차피 그 역시 죽은 목숨이었다.

이 악독하기로 소문이 자자한 광랑채 도적들이 쟁자수인들 살려 줄 리가 없는 것이다. 혹여 목숨은 건질 수 있다 해도 새외로 팔려 나가 노예 신세나 될 것이 뻔했다.

"루하 어딨냐고! 정말 도망이라도 친 거야, 뭐야!"

"저 여기 있어요!"

결국 어미 젖 찾는 강아지들의 애타는 목소리에 화답을 하고는 마차 밖으로 기어 나왔다.

"뭐하다 이제 나와! 너, 구궁육합진 알지?"

"구궁육합진이요?"

"그래! 알아, 몰라?"

"대강은 아는데……."

"좋아! 그거면 돼. 넌 방패 들고 천의 자리만 지켜! 알겠어?"

표두 장하성이 루하가 뭐라 대답을 하기도 전에 대뜸 방패부터 던져 주고는 외쳤다.

"전원 구궁육합진 대형으로!"

"구궁육합진! 구궁육합진!"

장하성의 외침에 다시 복명복창이 이어지고 원형진은 순식간에 이중의 휘어진 초승달 모양으로 변했다. 앞의 아홉 명이 전방 아홉 방위를 점하며 방어진을 형성하고 뒤의 여섯 명이 여섯 개의 방위를 점하며 공격 태세를 취하는 형태였다. 그 이중진의 중앙이 바로 루하가 위치하는 천의 자리였다.

천의 자리란 구궁육합진의 중심이었다. 수비의 아홉 방위와 공격의 여섯 방위가 연환하며 돌아갈 때 그 대형이 일정하게 유지되도록 만드는 구심점이었다. 그래서 딱히 세밀한 연환식을 몰라도 상관없었고, 이중진의 보호를 받는 형태라 무공이 없어도 크게 위험하지 않았다.

다만, 처음으로 살벌한 전쟁터의 중심에 서 보니 정말이지 무서워서 돌아가실 지경이다. 귀를 찢는 병장기의 쇳소리와 잡아먹을 듯 살기등등한 고함 소리가 바로 코앞에서 들려오니 그 분위기에 압도되어 심장은 떨리고 정신은 어질어질했다.

그래도 구궁육합진은 확실히 위력이 있었다. 구궁육합진이 발동하자 그토록 기세등등하던 광랑채가 제대로 된 공격 한 번 못 한 채 어정쩡히 애만 태우고 있었다.

"아, 젠장! 뭣들 하는 거야? 밀어붙여! 그냥 밀어붙여 버리라고!"

도적들이 약이 바짝 올라서 더 한층 기세를 올리지만 끊임없이 돌아가는 공수의 연환은 철벽처럼 끄떡없었다.

구궁육합진.

적을 섬멸하기에는 힘이 부족하지만 적어도 버티는 데는 확실히 최고의 효용을 가진 진법임이 분명했다.

'그렇긴 한데…….'

그게 아무래도 완벽하지는 않은 모양이었다.

멀리서 구경을 할 때는 진법에 대해선 무지한 그가 보기에도 완벽해 보이고 참 대단해 보였는데, 막상 안에서 보니 공수의 전환시에 미세한 틈이 보였다. 그 미세한 틈이 자신의 목숨과도 직결되는 것이기에 더 또렷하게 잘 보였다.

원래 천의 자리를 지키는 것이 표사 임상재라면 어쩌면

별문제가 없는 것일지도 모른다. 하지만 단 일검에도 나동그라질 루하에겐 순간순간 보이는 그 미세한 틈이 여간 거슬리는 것이 아니었다.

엄습하는 불안.

'저 틈을 들켜 버리면 그땐 어떻게 되는 거야?'

궁금증은 금방 풀렸다.

그 순간 미세한 틈 사이로 광랑채 두목 개벽쌍부(開闢雙斧) 구양수와 눈이 딱 마주쳐 버린 것이다.

"……!"

"……?"

"……."

"……!"

구양수와 눈이 마주친 순간은 그야말로 찰나였다. 그런데 그 찰나의 순간이 영겁처럼 길게 느껴졌다. 그리고 영겁의 시간이 끝난 후,

"저기다!"

구양수가 마치 큰 깨달음의 순간을 맞은 어느 고승마냥 열락의 눈빛을 하고는 들뜨고 격앙된 목소리로 그 틈새를 가리켰다.

"저기다, 저기! 저기만 집중 공격해!"

그때부턴 폭풍우였다.

"퍼부어! 밀어붙여! 박살 내 버려!"

성난 파도처럼 공격이 퍼부어졌다. 그 사나운 기세에 움찔 놀란 루하가 저도 모르게 한 발짝 뒤로 물러서자 그 즉시 표두 장하성의 다급한 일갈이 터졌다.

"임마! 방위를 벗어나면 어떡해! 우리를 모조리 다 몰살시킬 셈이냐! 자리 지켜! 자리 지키라고! 괜찮으니까 겁먹지 말고 자리 지켜!"

표사들도 그곳이 뚫리면 끝장이라는 걸 알고 있는지 광랑채의 무시무시한 공격에 필사적으로 대항했다.

'젠장! 젠장! 젠장! 하나도 안 괜찮아 보인다고!'

자리를 안 지키면 몰살을 당한다고 하니 이를 악물고 죽을 둥 살 둥 방위를 지키고는 있지만 전혀 안 괜찮아 보였다. 약점을 파악당해 버린 구궁육합진은 무지한 그의 눈에도 이미 한계로 보였다. 위태롭고 아슬아슬하다. 그야말로 죽을힘을 다해 근근이 버티고 있을 뿐이다.

"조금만 더 견뎌! 후발대가 올 때까지만 견디면 돼!"

장하성이 표사들을 그렇게 독려했다.

지금 그들의 유일한 희망은 역시 후발대였다.

표물의 양이 많을 때는 보통 선발대와 후발대로 나누어 움직인다.

선발대가 감당할 수 없을 정도로 강한 적을 만나게 될 경우 선발대를 버리는 돌로 삼아서라도 그 피해를 최소화하기 위함이다.

다행히 이번 표물은 그 양이 상당했다. 짐수레만 해도 무려 스물여섯 대가 필요했고 제법 값이 나가는 물건들인지 후발대에 붙은 표사만 해도 오십 명이 넘었다.

광랑채는 선발대를 버리는 돌로 삼을 정도로 강한 적은 아니었다. 후발대의 표사들이 합류하면 거뜬히 물리칠 수 있는 도적떼인 만큼 분명 지원을 하러 달려오고 있을 것이다.

하지만,

'그러니까 대체 언제 오는 거냐고!'

이미 목숨 줄이 간당간당한 지경이다.

'저 도적떼들의 칼에 목이 뎅겅 날아간 다음에는 후발대고 뭐고 다 무슨 소용이냔 말이야!'

아니나 다를까 바로 그 순간이었다.

"크윽!"

북북동의 방위를 지키던 표사 하나가 구양수가 휘두른 도끼의 힘을 감당하지 못하고 밀려 쓰러졌다. 그 즉시 공수가 전환되며 구양수를 향해 표사들이 여섯 방위에서 다급히 공격을 퍼부었다.

"죽엇! 이 도적놈 새끼야!"

자칫하면 여기서 이 전투가 끝나 버릴 수도 있기에 구양수를 덮쳐 가는 표사들의 공격은 필사적이었다.

하지만 그들의 필사적인 공격은 구양수에게 닿기도 전에 그의 수하들에게 간단히 먹혀 버렸다.

"니들이나 뒈져! 이 표사 나부랭이들아!"

까가가가강—

치열한 불꽃이 사방으로 튀고 사나운 쇳소리가 귀를 찢었다. 그렇게 표사들의 공격이 막힌 틈을 타 구양수의 도끼가 지체 없이 북북서의 표사마저 날려 버렸다.

"커억!"

북북서의 표사가 피를 토하며 쓰러지자 루하의 시야는 가릴 것 하나 없이 환해졌다. 아니, 휑해졌다. 그리고 그 앞에 쌍도끼를 든 흉흉한 얼굴의 구양수가 있었다.

"……."

또다시 영겁처럼 느껴지는 찰나의 시간이 지나고.

씨익—

구양수가 입꼬리를 말아 올리며 어딘지 사악하고 살벌한 미소를 지었다.

붕괴되기 시작한 구궁육합진 속에서 루하는 그렇게 덩그러니 홀로 구양수를 마주해 버렸다.

절박한 마음에 주위를 둘러보지만 모두들 제 한 목숨 챙기기에 바쁘다.

그를 보호해 줄 사람은 아무도 없다.

철저하게 고립되어 마치 제사장의 제물처럼 구양수의 도끼 앞에 바쳐졌다.

그런데 그렇게 죽음과 마주하게 된 그 순간 루하의 얼굴에 떠오른 것은 어이없게도 미소였다.

절망 앞에서 죽음과 조우했을 때, 누군가는 울음을 터트리기도 하고 누군가는 오줌을 지리기도 한다. 어떤 이는 고슴도치처럼 몸을 잔뜩 웅크리기도 하고 또 어떤 이는 당당하고 초연히 죽음과 마주한다.

그런 것처럼 루하는 웃었다. 죽음 앞에서 자신은 웃는다는 것을 그도 지금 처음 알았다.

'나…… 좀 사내다운가?'

상황과는 어울리지 않게 문득 그런 생각이 머릿속을 스쳐 갔다.

그래서 조금 우쭐해지기도 했다.

하지만 안타깝게도 그의 생각과는 달리 지금 그의 얼굴에 떠올라 있는 미소는 사내답게 멋스럽지도, 당당하지도, 초연하지도 않았다.

웃는 얼굴에 침 못 뱉는다는 만고의 진리를 경험으로 체득한, 그래서 습관처럼 몸에 배어 버린 애처로운 발버둥이었다. 그래서 그저 비굴하고 한심하고 불쌍해 보일 뿐이다.

게다가 효과도 미미했다.

잠시 잠깐 구양수의 눈에 '뭐야, 이놈?' 하는 황당함이 스쳐 가는가 싶더니 이내 세상을 쪼개 버릴 듯한 기세로 도끼를 내려찍는다.

그 순간 루하가 할 수 있는 것은 그저 본능적으로 방패를 들어 올리는 것뿐이었다.

콰앙—!

"쿠억!"

그것은 마치 천 근의 바윗덩이가 만 장 절벽에서 떨어져 내다꽂히는 듯한 충격이었다. 방패를 든 팔에서 감각이 사라져 버린 것은 물론이고 오장육부가 다 뒤틀리는 듯한 충격에 정신마저 아찔해져 왔다.

그런 와중에도 방패를 놓치지 않고 있는 것이 용했다. 하긴, 그에게 남은 유일한 생명 줄인데 살기 위한 그 필사적인 몸부림이야 오죽할까.

하지만 그래 봤자였다.

쌍도끼의 위용을 자랑하듯 정신을 추스를 새도 없이 다음 도끼가 재차 방패에 내다꽂혔다.

콰아앙—!

처음보다 갑절은 더 힘이 실려 있었다.

갑절은 더 무거웠고 갑절은 더 강했다.

비명조차 나오지 않았다.

"쿨럭!"

심지어 울컥 피까지 토했다.

그야말로 혼백이 반쯤 빠져나간 상태였다. 더욱 심각한 것은 필사적으로 붙들고 있는 방패마저 불에 달군 조개 아가리마냥 쩍 벌어졌다는 것이다.

혼미한 시야 속에 방패의 벌어진 틈 사이로 구양수의 부리부리한 눈이 보였다.

이미 죽은 자를 보는 눈이었다. 분노도 없었고 살기도 없었다. 그저 별것도 아닌 놈의 무기력한 저항에 대한 가소로운 조소만이 담겨 있었다.

이윽고 구양수가 도끼를 들어 올렸다.

결국 이렇게 죽는구나 싶었다.

'젠장! 그러게 도망부터 쳤어야 했는데…….'

새삼 후회가 된다.

'쟁자수가 이렇게 위험한 일인 줄 알았다면 진즉에 때려치웠을 텐데…….'

천직으로 여겼던 쟁자수 일마저 이젠 회의감이 든다.

그런데 절망마저 늦어 버린 그때였다.

"멈추어라!"

쩌렁쩌렁한 울림이 마치 환청처럼 귀를 파고들었다.

그 순간 구양수의 도끼가 허공중에 멈췄다. 구양수뿐만 아니라 살벌하게 표사들을 몰아붙이던 광랑채의 도적들 모두가 시간이 정지하기라도 한 것처럼 그 자리에 우뚝 멈춰 버렸다.

루하의 눈이 목소리가 들린 곳을 향했다.

그곳에 실로 반가운 얼굴들이 있었다.

'후발대…….'

절망도 늦어 버린 그때 찾아온 한 자락의 희망은 다름 아닌 후발대였다.

만수표국의 총표두 섬전검(閃電劍) 곡운성(谷雲星)의 당당한 위용이 눈부시게 시야를 가득 채우자, 이젠 살았다는 안도인지 아니면 이미 그로써 한계였던 건지 겨우 붙들고 있던 의식이 성큼 멀어져 간다.

그렇게 아득해지는 의식 속에서 총표두 곡운성의 위엄에 찬 일갈이 들렸다.

"도적놈들을 모조리 섬멸하라!"

구양수의 푸념과 다급한 목소리도 들렸다.

"지미럴! 다 잡은 고기였는데…… 후퇴! 전원 후퇴! 모두 흩어져!"

하지만 그 모든 소란은 아득히 멀어지는 의식 속에서 루하에게 아무런 의미도 남기지 못한 채 먼지처럼 흩어지고 있었다.

그리고 이어진 것은 그저 새까만 어둠이었다.

* * *

창문 틈새로 스며드는 햇살이 눈부셨다.

잠에서 깬 루하는 침상에서 서둘러 몸을 일으켰다.

마음이 급했다.

그 살벌하고 위험천만했던 표행에서 돌아온 지 사흘, 오늘은 드디어 출행비가 나오는 날이었다.

출행비를 받는 것이 처음도 아니고 보름 정도의 비교적 짧은 일정이어서 다른 때보다 액수도 적었지만, 그가 이렇게 조급해하고 들떠 있는 것은 쟁자수보다 하루 일찍 표행비를 지급받은 표사들 소식을 들었기 때문이었다.

정해진 표행비에 더해서 광랑채와의 전투에 따른 추가 보상비가 나왔다는 것이었다. 특히 선발대는 열일곱 명 전원에게 무려 다섯 냥의 추가 보상이 지급되었다고 한다.

누가 뭐라 해도 광랑채를 막아 낸 일등 공신은 그였다.

그 흉악한 도적놈들을 앞에 두고 쟁자수의 몸으로 용감히 구궁육합진의 한 자리를 지켜 내지 않았더라면, 선발대는 후발대가 당도하기 전에 광랑채의 칼에 모조리 도륙을 당했을 것이고 선발대의 표물도 일찌감치 강탈당했을 것이다. 더구나 그는 단신으로 구양수를 상대하며 큰 부상까지 입었다.

'아니, 솔직히 큰 부상은 아니었지만…….'

피까지 토하고 정신을 잃었지만 정작 의원의 반응은 허탈할 만큼 시큰둥했다.

'크게 상한 곳은 없구만. 뼈도 말짱하고.'

'상한 곳이 없다뇨? 그럴 리가 없잖아요. 저, 토혈까지 했는데요?'

'토혈이 아니라 그냥 토였겠지. 도적놈들을 만난 게 이번이 처음이랬지? 거기다 죽기 직전까지 몰렸었고? 그러니 속이 안 뒤집어지고 배겨?'

'하지만 분명 피가…….'

'지금 혀가 따끔따끔하지? 밥 먹을 때도 무지 쓰라리고?'

'네?'

'깨문 거야. 그래서 토할 때 피가 좀 섞여 나온 거고. 아니, 상처가 꽤 깊은 걸 보면 좀은 아니겠군. 그게 토혈이라고 오해할 정도였는지는 모르겠다만…….'

사내놈이 엄살도 심하다는 듯 쯧쯧 혀를 차 대는 의원의 말이 어처구니없고 기분도 나빴지만 부정은 하지 못했다.

정말로 밥을 먹을 때마다 무지 쓰라렸으니까.

처음엔 매운 걸 잘못 먹었다가 눈물까지 찔끔 쏟을 뻔했다. 루하는 그마저도 그저 내상 탓이라고만 여겼던 것인데, 옆에서 듣던 표사 진청이 아예 쐐기를 박았다.

'그러니까 뭐야? 구양수 그 도적놈의 도끼질에 내상을 입은 게 아니라 혀를 깨물었던 거야? 난 또 하도 호들갑을 떨어 대길래 진짜로 어디 크게 다치기라도 한 줄 알았더니만…… 하긴, 구양수 그 도적놈이 무슨 내가의 고수도 아니고, 방패를 때렸는데 내장이 상했다는 게 애초에 말이 안 되는 소리였지.'

그때를 생각하면 지금도 얼굴이 화끈거려 왔다.

혀를 깨문 것 말고는 다친 곳이 없다고 하니 다행이긴 하지만, 마치 다칠 주제도 못 된다는 듯 비웃던 표사들을 생각하면 차라리 심각한 부상을 당하는 게 나았다는 생각마저 들기도 했다.

아무튼 혀를 깨문 건 혀를 깨문 거고, 그것과는 상관없이 그날의 전투에서 표사들 못지않게 활약을 한 것만은 분명

한 사실이었다. 추가 포상금을 받을 자격이 충분했다.

'얼마나 나올까?'

다섯 냥은 기대도 하지 않았다.

아무리 표사들 못지않은 활약을 했다고 해도 쟁자수 주제에 똑같이 받으면 표사들이 아니꼽게 생각할 테니까.

'두 냥? 석 냥?'

그 정도만 돼도 만족이다.

'그걸로 뭘 하지? 아, 이참에 검이나 한 자루 장만할까?'

쟁자수라도 제 몸 하나 지킬 만한 무기 정도는 가지고 있어야 한다는 걸 이번 표행으로 뼈저리게 느꼈다.

'좋아. 그동안 모아 둔 돈이랑 합치면 꽤 쓸 만한 걸로 구할 수 있을 거야.'

그렇게 결정을 내리고 보니 마음이 더 급했다.

그는 서둘러 침소를 빠져나와 총관 엄탁(嚴卓)을 찾아갔다. 그렇게 엄탁을 찾아 바삐 걸어가는데 누군가 말을 붙여왔다.

"자네도 출행비를 받으러 가는 겐가?"

"아, 양씨 아저씨."

루하에게 양씨 아저씨라 불린 사내는 루하와 같은 쟁자수였다.

이름은 양윤이고 나이는 마흔둘이다.

가지런한 수염이며 차분해 보이는 눈매가 쟁자수와는 어울리지 않는 분위기다. 그도 그럴 것이 이 일을 하기 전에는 그래도 명색이 나라의 공물을 관리하던 하급 관리였다고 한다.

상관의 공납 비리에 연루되어 억울하게 파면을 당했는데, 그것이 안 좋은 낙인이 되어 제대로 된 일자리도 구하지 못하고 이리저리 전전하다 표국까지 흘러들어 온 것이었다.

루하는 이 양윤이라는 사내가 싫지 않았다.

자신이 많이 못 배운 탓에 학자에 대한 막연한 동경도 있었고, 나이가 어리다는 이유로 다른 쟁자수들이 그를 함부로 대하는 것에 반해 양윤은 항상 일정한 선에서 그를 선배로서 존중해 주었다. 게다가 관원 출신답게 표국의 서기들과도 친해서 쟁자수들은 알 수 없는 여러 정보들을 물어다 주기도 했다.

"양씨 아저씨도 출행비를 받으러 가는 거예요?"

이번 표행에서 양윤은 후발대에 속해 있었다.

"그렇지."

"그거 받으면 뭐 하실 건데요?"

"나야 경력도 일천해서 출행비라고 해 봐야 고작 한 냥

하고 백오십 문밖에 안 되는데, 뭐. 그런 쥐꼬리로 달리 할 게 뭐 있겠나? 그 쥐꼬리조차 늑대 같은 마나님께서 이미 눈에 불을 켜고 기다리고 계시고. 그러는 자네는 뭘 할지 생각해 둔 게 있나? 듣자 하니 선발대 표사들은 추가 보상으로 다섯 냥을 더 받았다고 하더구만. 이번엔 자네도 공이 크니까 분명 추가 보상이 있을 텐데, 그것까지 합치면 출행비가 꽤 될걸?"

양윤의 눈에 언뜻 부러움이 스쳐 갔다.

당연한 일이었다. 경력이야 루하가 조금 더 많다지만 나이로 치면 조카뻘 정도밖에는 되지 않는다. 그런 루하가 출행비로 자신의 세 배나 넘게 받을지도 모른다는데 성인군자가 아닌 다음에야 어찌 부럽지 않을까. 그래도 역시 많이 배운 사람답게 크게 티를 내진 않는다.

루하는 솔직하게 대답했다.

"이참에 검이나 한 자루 사려구요."

"검? 오! 벌써 무슨 언질을 받았던 겐가?"

양윤의 과한 반응에 루하가 어리둥절해하며 물었다.

"언질이라뇨?"

"쟁자수들 사이에선 이미 소문이 파다하던데? 표국에서 자네를 곧 표사로 임용할 거라고."

"표사요?"

"그래서 검을 사려는 게 아닌가?"

"아뇨. 전 그냥 호신용으로 하나 준비해 두려는 건데요? 에이, 표사는 무슨…… 그게 말이 돼요?"

"말이 안 될 건 뭐 있나? 이번 표행에서 표사 한 사람 몫을 해내면서, 당당히 공도 세우지 않았는가? 게다가 자네는 아직 나이도 한창때고 영민하기도 해서 표사들과 같이 훈련을 받게 되면 어지간한 표사들 정도야 금방 따라잡을 테고. 그러지 말고 이번에 표사로 임용되면 날 모른 척이나 하지 말게나. 나도 표사 뒷배로 표행 좀 많이 다녀서 출행비나 두둑이 챙겨 보게."

"에이, 그런 일은 없을 거라니까요. 표사 되는 게 그렇게 간단한 일이면 아무나 다 표사 되게요?"

루하가 어림도 없는 소리라며 손사래를 쳤다.

하지만 그런 그의 눈은 어쩔 수 없이 기분 좋은 기대로 반짝이고 있었다.

솔직히 말하면 쟁자수들 사이에서 돌고 있는 소문을 그도 이미 들어 알고 있었다. 내심 욕심도 났다. 기대가 크면 실망도 큰 법이라 애써 무심하려고 했지만, 혹시 오늘 총관 엄탁으로부터 정말로 표사 임용 소식을 듣게 되지나 않을까, 설레서 간밤엔 잠을 설치기까지 했다.

'아무렴 설마하니 이런 고리타분한 표국에서 그런 파격 인사를 단행할 리가 없지.'

다시 마음을 비워 보려 했지만 그러면 그럴수록 걸음은 빨라졌다.

그렇게 총관의 집무실 앞에 당도하고 보니 쟁자수들 십여 명이 그들보다 먼저 와서 줄을 서 있었다.

루하가 나타나자 모든 시선들이 일제히 그에게로 모아졌다.

그런데 왠지 그 시선들이 곱지가 않다.

'내가 아주 저치들 바람난 마누라 정부라도 된 것 같잖아?'

그들의 시선에 담긴 것은 딱히 살피고 자시고 할 것도 없이 그냥 질투다.

새삼스럽지도 않다.

지금 쟁자수들의 입에서 오르내리고 있는 자신에 대한 이야기 중 태반이 그다지 호의적이지 못한 것들이니까. 그리고 선발대의 쟁자수들은 거의 도망을 가 버린 탓에 여기에 있는 대부분은 그날의 흉흉했던 상황과 자신의 활약상을 제대로 구경도 못 한 후발대의 쟁자수들이니까.

'어린놈이 재수도 좋지. 운 좋게 선발대에 껴서는 추가 보상비도 모자라서 표사까지 될 판이니…….'

'이럴 줄 알았으면 나도 선발대에나 낄걸 그랬어. 그랬으면 나도 표사 나으리 소리 한번 들어봤을 것 아닌가?'

기본적으로 남 잘되는 꼴은 보기 싫어하는 게 사람 심리라는 것을 잘 알고 있었다. 그래서 그러한 폄훼와 질투에 딱히 상처를 받거나 신경을 쓴 적은 없었다. 하지만 지금 저 곱지 않은 시선들을 보자니 왠지 울컥했다.

'선발대에 꼈다면 광랑채 도적놈들의 그림자만 보고도 놀라서 꽁지가 빠져라 도망부터 쳤을 인간들이…….'

마치 좋던 기분에 찬물이 끼얹어지는 느낌이랄까?

그래서 일부러 더 고개를 빳빳하게 세우고는 거만하게 그들의 눈을 하나하나 똑바로 마주했다.

루하의 그러한 눈길에 모두들 찍소리 한 번 못 하고 슬그머니 고개를 돌려 외면한다.

당연했다.

어디까지나 소문일 뿐이지만 만에 하나라도 루하가 정말 표사로 임용이라도 되어 버린다면, 모든 것이 표사를 중심으로 돌아가는 표국에서 쟁자수가 표사한테 잘못 찍혀서 좋을 것은 없는 것이다.

'흥! 그러게 남 잘되는 거 배 아프면 나처럼 틈틈이 진법이라도 배워 두든가. 시간 나면 술 마시기 바쁘고 여유 생기면 청루 가서 기녀 엉덩이 두들기기 바쁜 작자들 주제에

되도 않게 욕심만 많아 가지고는…….'

루하는 콧방귀 한 방으로 찝찝했던 기분을 싹 털어 버렸다.

그러는 사이 줄은 점점 줄어들어 그들 차례까지 왔고 양윤이 먼저 집무실 문을 열고 들어갔다. 그리고 얼마 안 있어 집무실을 나와서는 주머니 하나를 슬쩍 흔들어 보였다.

짤가랑짤가랑!

주머니도 크고 소리도 요란했다. 하지만 그거야 백오십 문의 동전 때문이었다. 실상은 빈 수레가 요란한 것뿐이다.

아무튼 이제 루하의 차례였다.

루하는 자꾸만 커져 가는 기대와 설렘을 길게 숨을 내쉬어 누르고는 집무실의 문을 열었다.

넓은 대청 안 한편에 서탁을 앞에 두고 단정히 앉아 있는 총관 엄탁이 보였다.

루하가 엄탁에게로 다가가 섰다.

"정루하입니다."

루하가 자신의 이름을 밝히자 슬쩍 루하의 얼굴을 확인한 엄탁이 서탁 옆에 놓여 있는 여러 주머니들 중에서 하나를 찾아 루하에게 내밀었다.

주머니를 건네받은 루하가 살짝 눈살을 찌푸렸다.

생각보다 주머니가 가벼웠기 때문이었다. 그것도 많이.

'설마…….'

에이, 아니겠지 하며 주머니를 열어 보았다. 하지만 아니나 다를까 거기에 들어 있는 것은 달랑 은자 두 냥이 전부였다.

기본 출행비뿐, 추가 포상금이 없는 것이다.

"이게 다예요?"

"왜? 뭐가 잘못됐나?"

그렇게 반문하며 장부를 살피는 엄탁이다. 그러다 이내 의아해하며 루하를 올려다본다.

"정루하, 정루하…… 출행비 두 냥. 맞는데?"

"저기…… 추가 포상금이 나왔다고 하던데요?"

"추가 포상금?"

"예. 어제 표사들은 받았다고 하던데요?"

"지금 무슨 소리를 하는 겐가? 표사들한테 나온 걸 왜 자네가 찾아?"

"하지만 저도 그날 선발대에 있었는데요? 도적놈들에 맞서서 같이 진법도 펼치고 그랬는데요?"

"아, 진법 펼치는데 쟁자수 하나가 도왔다더니 그게 자네였나 보군."

"예! 그게 저였어요!"

그래! 그게 나였다!

도적들의 손아귀에서 목숨을 걸고 표물을 지켜 낸 그 용감한 쟁자수가 바로 나란 말이다!

쟁자수들 사이에선 이미 소문이 자자한 일을 총관이란 자가 이름조차 모르고 있었다니, 이거야말로 직무유기가 아닌가?

'그러니까 이제라도 내 이름을 알았으면 당장 추가 포상금을 내놓으란 말이다!'

루하는 엄탁이 그저 자신의 이름을 몰라서 추가 포상금을 누락시킨 거라 그렇게 생각했다. 하지만 이어진 엄탁의 반응은 시큰둥을 넘어 냉담이었다.

"그런데 그게 왜?"

"예?"

"설마 진법 좀 같이 펼쳤다고 표사들과 같은 대우를 해 줄 거라 생각하는 건 아니겠지?"

"같은 대우까지는 바라지도 않지만요. 그래도……."

"자네 뭔가 단단히 착각하고 있군. 표사들에게 지급된 포상금은 단지 그날 세운 공훈 때문만이 아냐. 자네도 그만큼 표국 밥을 먹었으면 표사가 곧 표국이고, 표사의 수와 실력이 곧 표국의 명성이자 신용이라는 것 정도는 잘 알 테지. 이곳 산서만 해도 스무 개가 넘는 표국이 난립해 있네. 쓸 만한 표사가 지독하게 품귀지. 경쟁이 치열한 것이야 두 말할 것도 없고. 쓸 만한 표사 하나 지키고 구하는 게 얼마나 어려운 건지 짐작이 가나? 지금 각 표국들은 그 일에 표국의 존망을 걸고 전쟁 중이라 이 말이네. 어제 표사들에게 지급된 포상금도 그러한 일환에서고. 지금 우리 만수표국의 재정은 포상금까지 지급할 만큼 넉넉한 형편이 못 되네. 그런데도 표사들의 마음을 달래는 차원에서, 그리고 대외적으로 경쟁 표국의 표사들에게 광고를 하는 차원에서 상당히 무리하게 지출을 한 것이지. 알겠는가? 자네가 그날 표사들 못지않게 공을 세웠다고 해도, 아니, 표사들보다 더한 공을 세웠다고 해도 애당초 자네에게 지급될 포상금 따위는 없다, 이 말이네. 표사는 표사고 쟁자수는 쟁자수니까. 쟁자수야 자네 아니어도 얼마든지 구할 수 있으니까."

더는 나눌 말이 없다는 듯 손을 휘휘 내저어 축객령을 내린다. 루하는 정말이지 기분이 더러웠다.

'표사는 표사고 쟁자수는 쟁자수니까.'

늘 들어와서 이젠 인이 박혀 버린 그 말이 오늘따라 유난히 가시 바늘이 되어 심장을 쿡쿡 찔러 댄다.

'내가 대체 무슨 기대를 했던 거지?'

애초에 표국에 있어 쟁자수야 질겅질겅 씹다가 단물 다 빠지면 그냥 뱉어 버리면 그만인 칡뿌리 같은 존재였다. 그걸 뻔히 알고 있으면서도 가당찮은 기대로 한껏 들뜨고 설레었던 자신이 너무 등신 같았다.

'뭐? 표사 임용? 지나가던 개가 웃을 일이지.'

아니, 웃는 것은 지나가던 개가 아니라 동료 쟁자수들일 것이다.

'거봐, 쟁자수 주제에 무슨 표사야? 어린놈이 주제도 모르고 꼴값을 떨어 대더니, 내 그럴 줄 알았다니까.'

표사 임용이니 뭐니 소문이란 소문은 자기네들이 다 퍼트려 놓고는, 남의 불행은 곧 자신들의 행복인 양 남의 불행에 승냥이 떼처럼 들러붙어서 마음대로 찧고 까불어 댈 것이다.

그걸 생각하면 아주 피가 거꾸로 솟는 것 같다.

하지만 지금 무엇보다 루하의 기분을 더럽게 하는 것은 역시 만수표국에 대한 배신감이었다. 무슨 이유를 가져다 붙였든 자신을 개무시한 것만은 부정할 수 없는 사실이다.

표국이 쟁자수를 얼마나 하찮게 보고 업신여기는지 모르는 바는 아니었지만, 막상 이렇게 철저하게 개무시를 당하고 보니 그 배신감에 도무지 치미는 울화를 가눌 수가 없다. 아니, 울컥 치미는 그것은 울화가 아니라 차라리 서러움이었다.

목이 메고 눈자위가 뜨겁다.

왈칵 눈물이라도 쏟아질 것만 같았다.

하지만 울진 않았다.

여기서 눈물을 쏟으면 왠지 더 비참해질 것만 같아서 이를 악물어 참았다. 아니, 이를 바드득 갈아붙이며 꼴사납게 여려지려는 마음을 다잡았다.

'그래. 표사는 표사고 쟁자수는 쟁자수지. 쟁자수 따위가 표사들이랑 같이 놀려고 한 것부터가 주제넘은 짓이었지. 좋아! 두고 보라고! 표국을 위해 목숨 거는 일 따위의 개병신 짓은 내 두 번 다시는 하지 않을 테니까!'

지난번 같은 일이 생기면 표물이고 나발이고 뒤도 안 돌아보고 도망쳐 버릴 것이다.

그것이 그가 만수표국에 대해 할 수 있는 유일한 복수였고, 또한 자신의 물러터진 행동에 대한 통렬한 자기반성이었다.

그런데, 복수의 기회는 의외로 빨리 찾아왔다.

第二章

천지무극조화지기 (天地無極調和地氣)

'이것들은 또 뭐야?'

루하는 표행의 앞을 가로막고 선 일단의 무리들을 보며 얼굴을 구겼다.

물어보고 자시고 할 것도 없이 그냥 딱 보기에도 '나 도적입네' 하는 면상들이다. 특히 두목으로 보이는 자는 부리부리한 눈도 그렇고 얼굴의 반을 덮고 있는 덥수룩한 턱수염이나 숯검댕이 눈썹도 그렇고, 어쩌면 이렇게도 천편일률적일 수가 있는지 전날 만났던 광랑채 두목 구양수와 판에 박은 듯이 닮았다.

'요즘 일진이 왜 이렇게 사나운 거야?'

표국에서 쟁자수로 일한 지 이 년 가까이 되는 동안 총 열한 번의 표행에 참여했지만 도적을 만난 적은 그 전까지 한 번도 없었다. 다른 쟁자수들은 더러 경험들을 했다는데 운이 좋았던 건지 그의 순번 때만은 항상 평화로웠다. 사실 운도 운이지만 표국과 녹림도 사이에 이루어지는 암묵적인 밀약 덕이 컸다.

표국의 입장에서는 도적과 싸워 봐야 좋을 것이 없었다. 자칫 표물이라도 잃게 되면 표국의 신용에 치명적일뿐더러 다행히 도적을 물리친다 해도 그 과정에서 아까운 표사들을 잃게 될 수도 있기 때문이다.

도적패의 입장도 별반 다르지 않았다. 자본력을 갖춘 표국과 원한을 맺는 것이 부담스럽기도 하거니와, 자칫 강탈한 표물의 주인이 황실의 고관대작이나 무림의 고인 등 건드려서는 안 되는 인물일 경우 그 날로 줄초상이 날 수도 있었다.

그래서 표국은 주로 표행을 다니는 일대의 패권을 차지하고 있는 녹림채에 일종의 통행료 형식의 상납금을 바친다.

그렇게 상납금을 바치는 표국이 한두 곳이 아니다 보니 녹림채의 입장에서는 위험부담 없이 안정적인 수입원이 생겨서 좋고, 표국의 입장에서도 크게 부담되지 않는 선에서의 통행료로 원만한 표행을 보장받을 수 있어서 좋은 것이다.

'그런데 도적놈들이 왜 또 나타난 거냐고!'

더구나 이곳은 오태산(五台山)이었다.

광랑채의 공격이 있었던 항산이야 워낙에 도적패들이 난립해 있는 곳이라 표국과 밀월 관계를 가질 만한 패주자체가 없었다지만, 이곳 오태산에는 엄연히 오룡채(五龍寨)라는 확고한 패주가 있었다. 그리고 오룡채와 만수표국은 이미 칠 년이 넘도록 오랜 밀월 관계를 유지하고 있었다.

다시 말해 이 눈앞의 도적들은 지금 감히 오태산의 패주 오룡채의 권위에 도전하고 있는 것이다.

이번 표행의 책임을 맡고 있는 표두 이철심(李鐵心)이 앞으로 나서 포권을 취했다.

"소생 만수표국의 표두 이철심이라 합니다. 하온데 혹시 오룡채에서 오신 영웅분들이십니까?"

"오룡채?"

"예. 저희 만수표국의 국주님과 오룡채의 금룡광도 탁종도 두령과는 오래도록 교분을 맺어 온 터라, 혹시 그래서 이렇게 저희를 마중 나오신 게 아닌가 해서…… 오룡채의 영웅분들이 아니십니까?"

물론 오룡채일 리가 없다.

통행료를 상납한 것이 불과 보름 전이다.

설혹 상납금이 마음에 들지 않았다거나 다른 불만이 생겼다고 하더라도 두령 탁종도의 성격상 이렇게 대뜸 표물부터 노릴 리가 없었다.

그걸 누구보다 잘 알고 있는 이철심이 이렇듯 오룡채를 들먹인 것은, 혹시 멋모르고 날뛰는 신생 도적패라면 그냥 알아서 꺼지라는 경고였다. 아무리 초짜라고 해도 오태산에서 도적질을 해 먹을 생각을 했다면 적어도 오룡채의 이름 정도는 들어 봤을 테니까.

그런데 어쩐 일인지 반응이 시큰둥이다.

"오룡채라면 어제 그놈들 얘긴가?"

딱 봐도 산적 두목같이 생긴 자가 시큰둥하게 중얼거리자 옆에서 또한 딱 봐도 부두목같이 생긴 염소수염의 사내가 경박한 웃음을 흘리며 대답했다.

"낄낄낄. 거 왜, 두령 철퇴에 대가리가 쪼개져서 빌빌 거리던 놈 있잖소. 그놈이 금룡광도 탁종도였지 않소."

"아, 그놈이 그놈이었군. 하긴, 그놈 칼이 좀 무겁긴 했지."

"그래 봤자 두령에겐 십초지적밖에 안 됐는데 뭘 그러쇼?"

"무슨 소리! 이런 변두리에서 노는 놈이 내 벽력추(霹靂

鎚)를 십 초나 받아 낸 것만 해도 마땅히 칭찬해 줄만 하지!"

그들이 주고받는 말을 듣고 있던 이철심의 낯빛이 굳어졌다. 이철심뿐만 아니라 지금 이 순간 스물두 명 표사들 모두의 안색이 이철심과 크게 다르지 않았다.

그런 표사들의 표정을 읽은 산적 두목이 모두를 오시하며 거만하게 말했다.

"대강들 사태 파악을 한 모양이군. 맞아, 어제부로 이곳 오태산의 주인이 바뀌었지. 이제 오태산의 주인은 오룡채가 아니라 나 벽력추 척도광(拓韜光)의 벽악채(壁岳寨)라는 말이다. 그러니 돌아가 그대들의 국주에게 전하거라. 오태산의 법이 새롭게 바뀔 것이니 그간 오룡채와 맺어 온 교분을 벽악채와도 이어가고 싶다면 친히 벽악채로 찾아오라고."

순간 표사들의 표정이 한층 더 굳어졌다.

오태산의 법이 새롭게 바뀔 거라는 말 때문이 아니었다. 산의 주인이 바뀌면 법도 따라서 바뀌는 거야 당연한 일이었다. 표사들의 얼굴이 심각해진 것은 벽력추 척도광이란 이름 때문이었다.

벽력추 척도광, 그리고 벽악채.

들어본 이름이다.

'팔공산에 있어야 할 자들이 어찌…….'

벽악채는 안휘의 팔공산에서 이름 꽤나 있는 도적패였다.

'쫓겨난 건가?'

안휘와 호북성은 대륙의 문물이 가장 왕성하게 오가는 곳이었다. 그런 만큼 내로라하는 녹림도들이 밀집되어 있었고 그 경쟁 또한 치열했다.

안휘와 호북 일대의 도적패가 경쟁에서 밀려 변두리로 떨어져 나가는 거야 흔히 있는 일이었다. 그러니 벽악채가 이곳에 나타난 것도, 오룡채를 무너뜨리고 새 주인이 되었다는 것도 그렇게 놀랄 일은 아니었다.

다만 안타까운 것은 왜 하필이면 그것이 어제였냐는 것이다.

'오태산의 주인이 바뀐 것이 며칠만 일찍이었더라면 충분히 대비를 할 수 있었을 터인데…….'

그랬더라면 여기서 이렇게 거의 무방비한 상태로 벽악채와 마주하는 일도 없었을 것이다.

저들이 단지 통성명이나 하고자 그들의 앞을 막아섰을 리가 없다. 이대로 표행을 순순히 보내 줄 리도 없다.

아니나 다를까,

"아, 그리고…… 여기에 있는 표물은 놓고들 가거라. 새롭게 오태산의 주인이 된 나에 대한 첫 하례품으로 여기고 고맙게 받을 테니까."

결국 표물에 대한 욕심을 드러낸다.

새삼스럽지도 않았다.

눈앞에 재물을 두고도 돌아선다면 애초에 도적이 되지도 않았을 테니까.

"그건 아니 될 말씀이오!"

이철심이 바로 반박했다.

"표물은 곧 표국의 신용이오. 표물을 잃은 표국이 어떻게 살아남을 수가 있겠소? 차후 저희 표국주님께서 따로히 섭섭지 않게 성의 표시를 할 것인즉, 이번만큼은 귀채에서 사정을 봐주시오."

단지 신용 문제만이 아니었다.

선발대와 후발대로 나눴던 지난번 표행보다는 규모가 적었지만, 이번 표행에 투입된 표사도 스무 명이 넘었다. 거기다 수레와 마차를 모는 자들을 포함해 쟁자수가 서른두 명이었다. 그렇다는 것은 표물 의뢰로 표국이 받은 돈이 최소한 삼백 냥은 넘는다는 뜻이다.

워낙에 녹림도가 극성을 부리는 시기였다. 주색에 빠진 황제가 정사를 도외시하기도 했거니와, 녹림십팔채와 장강수로삼십육채에서 걸출한 인물들이 잇따라 두각을 드러내며 녹림도의 명성을 높이자, 음지로 숨어들었던 녹림도가 그 기세를 타고 차츰 양지로 걸어 나왔기 때문이었다.

그런 만큼 표국의 중요성은 더욱 커졌다.

표국을 통하지 않고는 물건 운송이 거의 불가능하다 해도 과언이 아닐 지경이었다. 당연히 운송비도 높아져 통상적인 표물값에서 거리와 위험도에 따라 적게는 일 할에서 많게는 삼 할까지도 받았다.

즉, 지금 그들이 운송하고 있는 표물의 값이 적게는 천 냥에서 많으면 삼천 냥이 넘어갈 수도 있다는 뜻이다. 거기다 추가 배상금까지 생각하면, 만일 이대로 표물을 잃게 된다면 군소 표국에 불과한 만수표국으로서는 거의 존폐의 위기에까지 처하게 된다.

그러니 표물만큼은 양보할 수 없다.

하지만 척도광의 생각은 달랐다.

"나는 그대들의 의견을 물은 것이 아닌데?"

"……."

"여기 오태산에 들어온 이상 표물은 그대들의 것이 아니라 이미 내 것이라는 말이야. 내 것을 두고 내가 가지겠다는데 되니 마니 말하는 건 아주 주제넘은 짓이지. 그리고 사정을 봐 달라고 했는데…… 내 생각엔 그대들을 살려 주겠다고 한 것만으로도 넘칠 정도로 충분히 사정을 봐준 것 같은데, 안 그런가?"

그러니 살고 싶으면 얌전히 표물을 놓아 두고 꺼지라는 말이다.

결코 그냥 하는 소리가 아니다.

이대로 표사들이 순순히 물러난다면야 굳이 만수표국과 원한을 질 필요야 없지만, 표사들이 저항을 한다면 이참에 그들을 좋은 본보기로 삼아 벽악채가 오태산의 주인이 되었음을 산서 일대의 표국들에게 제대로 알릴 심산이다.

표사밥 먹은 지 이십 년 경력의 이철심에겐 그런 척도광의 의도가 훤히 보였다.

하지만 역시 이대로 표물을 두고 도망갈 수는 없었다.

표국을 존폐의 위기로 내몰 수는 없는 일이었다.

표물을 지키는 것이 표사로서의 당연한 사명이기도 하거니와, 무엇보다 만일 이대로 표물을 두고 도적이 두려워 도망을 친다면 그간 힘들게 쌓아온 이십 년 경력이 물거품이 되어 버린다. 정말이지 어렵게 오른 표두 자리를 그렇게 허무하게 내려놓을 수는 없는 일이었다.

'결국 싸울 수밖에 없나?'

이철심은 양측의 전력을 가늠해 보았다.

머리수는 서른 남짓, 적어도 이곳에 있는 자들만이라면 충분히 해볼 만한 숫자였다.

'문제는 역시 벽력추 척도광인데…….'

얼마나 강할지 가늠이 안 된다.

오룡채의 두령을 죽였다면 결코 만만히 볼 자는 아니다.

하지만 두렵지는 않았다.

'그래 봤자 도적이다.'

표사만 해도 아무나 될 수 있는 것이 아니다. 이름 꽤나 있는 무도관에서 제대로 무공을 배운 무인들이 아니면 애초에 표국에서 받아주지도 않는다. 개중에는 최고의 무인을 꿈꾸었다가 재능의 한계에 부딪혀 꿈이 꺾여 버린 상당한 수준의 고수도 있었다. 그런 틈바구니 속에서 치열한 경쟁 끝에 얻어낸 표두 자리였다.

표두라는 자부심, 그리고 자신의 실력에 대한 믿음이 용기를 북돋운다.

그렇다고 자만하진 않았다.

오룡채의 탁종도를 죽였다면 분명 자신보다는 한 수 위의 실력이었다. 하지만 이기지는 못하더라도 맥없이 당하지는 않을 자신이 있었다.

더구나 이미 신호탄이 오른 상태였다. 그리고 이곳은 만수표국과는 그리 멀지 않은 곳이었다. 지금쯤이면 분명 표국에 소식이 닿았을 것이다. 정 안 된다 싶으면 그땐 지원병이 올 때까지 구궁육합진으로 버티기에 들어가면 그만이다.

'좋아!'

충분한 승산이 있다.

어느덧 그의 눈에서 불안이 사라지고 확고한 자신감이 들어찼다.

그러나, 멀찍이 뒤에서 상황을 예의 주시하고 있는 루하는 전혀 생각이 달랐다.

지난번 표행에서 표두 장하성과 광랑채 구양수의 싸움을 직접 목격한 그였다. 그때 분명 장하성이 밀렸다. 물론 여섯 명의 표두 중 가장 약한 것이 장하성이고 그러니 그를 이철심에 비할 수는 없다지만, 장하성 역시 표두라는 직책을 투전판 노름으로 딴 것은 아니었다. 그런데도 구양수를 당해 내지 못한 것이다.

더구나 루하가 보기에 지금 눈앞의 척도광은 생김만 비슷했지 구양수와는 어딘지 느껴지는 무게감이 달랐다.

덩치는 오히려 구양수가 더 큰데도 훨씬 더 강해 보였다.

요란하기도 구양수가 더 요란하고 험악했는데도 척도광이 훨씬 더 살벌해 보였다.

무엇보다 그를 섬뜩하게 하는 것은 지금 척도광이 보여주고 있는 여유였다. 아니, 척도광만이 아니다. 그 같은 여유는 표행을 에워싸고 있는 벽악채의 도적들 모두에게서 나오고 있었다.

그 여유가 왠지 숨통을 조여 오고 등줄기를 서늘하게 한다.

그도 그럴 것이 익숙한 느낌이었다.

이 비릿한 느낌…… 그래. 알고 있다.

청루에서 호객질을 할 때 보름 정도 머물렀던 여덟 명의 사내들이 있었다. 북방수비대의 군병이라고 했다. 그런데 어느 한날, 그 일대 청루며 도박장을 장악하고 있던 거룡방(擧龍幇)의 인물들과 시비가 붙었다.

시비가 붙었다는 소식을 듣고 달려와 합류한 자들까지 모두 사십 명이 넘었다. 사십 명이 넘는 거룡방 고수들을 앞에 두고 그들 여덟 명이 보여 주던 모습이 지금 벽악채가 보여주고 있는 여유와 조금도 다르지 않았다.

어떤 진득한 피 냄새와 수많은 사선을 넘어온 잔혹한 전장의 향기 같은…… 그리고 그날 사십 명이 넘는 거룡방 고수들은 단 한 명도 살아남지 못했다. 그런데 그 무서웠던 기억을 지금 벽악채의 도적들이 고스란히 다시 떠올리게 하고 있었다.

'이런 자들을 키워 내고 쫓아낸 팔공산은 대체 어떤 곳인 거야?'

문득 그런 궁금증이 일었지만 지금 중요한 것은 그게 아니었다.

'도망가야 해.'

절대로 이길 수 없다.

이철심이 아무리 강해도, 구궁육합진의 효용이 제아무리 뛰어나도 벽악채의 상대가 되진 못할 것이다.

그것은 그저 짐작이 아니라 이미 확신이 되었고, 확신은 공포가 되었다.

도망가야 한다.

이대로 머뭇거리다가는 개죽음만 당할 뿐이다.

게다가 표사들에게 지킬 의리도, 표국에 다할 도리도 이젠 없었다.

'표사는 표사고 쟁자수는 쟁자수니까.'

총관 엄탁의 그 말이 아직도 생생히 귓가에 맴돌고 있었다.

그럼에도 선뜻 발을 뗄 수가 없다.

'대체 왜들 이렇게 미적대는 거야?'

저번 표행 때는 광랑채가 나타나자마자 정말이지 얄미울 정도로 뒤도 돌아보지 않고 달아나 버렸던 동료 쟁자수들이 누구 하나 선뜻 도망을 가지 않고 서로의 눈치만 보고 있었다. 그에겐 절망적으로 보이는 이 상황이 그들에겐 이철심과 마찬가지로 그다지 절망적이게 보이지 않는 것 같았다.

그 바람에 루하도 발이 묶였다.

선두에 서기에는 눈치가 보인다. 게다가 그럴 리야 없겠지만, 만에 하나 도적들이 쟁자수마저 죽일 생각을 가지고 있다면 그가 발을 떼는 순간이 바로 제삿날이 될지도 모르는 일이었다.

그런데, 바짝바짝 조여 오는 조바심 속에서도 누군가 먼저 길을 터주길 손꼽아 기다리던 그때였다. 돌연 상황이 급전직하로 돌변했다.

이철심이 한 번 싸워볼 의지를 확고히 하는 그 순간, 그런 이철심의 생각을 읽은 벽악채의 부두목이 염소수염을 휘날리며 이철심을 향해 기습공격을 강행한 것이다.

그런데 그 무기가 특이했다. 단도라 하기에는 길고 장도라 하기에는 짧다. 끝이 구부러진 것이 벌목도 같기도 하고 기형의 낫 같기도 했다.

그 정체불명의 무기가 당장에라도 이철심의 머리를 쪼갤 듯이 덮쳐들었다.

그러나 호락호락 당할 이철심이 아니었다.

"어림없다!"

갑작스러운 기습에 잠시 당황한 듯도 보였지만 그것도 잠깐, 이내 검을 뽑아서는 중검(重劍)의 달인답게 염소수염을 그대로 퉁겨 버렸다.

까앙—!

산야를 쩌렁 울리는 날카로우면서도 묵직한 쇳소리만큼이나 멀리까지 퉁겨져 날아가는 염소수염이다. 그런데 그 방향이 난감했다.

'어?'

하필이면 루하가 서 있는 방향이었다.

아니, 정확히는 루하의 옆, 이제 갓 약관을 넘긴 앳된 얼굴의 표사에게로 날아오고 있었다.

아무도 예상지 못한 상황이었다.

그건 순식간에 위기상황에 내몰린 표사 또한 마찬가지였다.

"어어……?"

게다가 실전 경험도 부족한지 당황해서는 어찌할 바를 모르고 두 눈만 끔뻑거리고 있었다. 그 순간 단숨에 표사에게로 날아든 염소수염이 마치 목마를 타듯 표사의 머리를 잡고 빙글 돌아 등 뒤를 점하더니, 두 다리로는 표사의 몸과 팔을 조르고 한 손으로는 표사의 머리를 뒤로 젖혔다. 그리고 다른 한 손에 든 기형도를 표사의 목에 가져다 댔다.

'……'

한 치의 주저함도 없이 표사의 목을 그었다.

서걱.

'……!'

피가 튀었다.

"끄르르……."

신음 소리 같기도 하고 바람 빠지는 소리 같기도 한 기괴하고 섬뜩한 소리가 표사의 악다문 입술을 비집고 흘러나왔다.

이윽고,

풀썩.

애처로울 정도로 힘없이 표사의 신형이 무너져 내렸다.

그 위로 짓궂은 듯 무심한 듯 그래서 더 사악해 보이는 미소 한 자락이 염소수염의 입가에 걸렸다.

그 순간 루하는 아무것도 생각할 수 없었다.

생각보다 본능이 앞섰고 본능보다 두 발이 먼저 움직였다.

'젠장! 대체 무슨 일이 벌어진 거야?'

뒤늦게 찾아온 의문도 이내 지워졌다.

뒤이어 들려 온 분노에 찬 일갈과 병장기의 부딪침, 함성, 비명이 한데 어우러진 전장의 소리에 머릿속이 온통 새

하얗게 백지가 되어 버렸다.

정신없이 달렸다.

앞뒤도 좌우도 보지 않았다.

뒤를 돌아보면 염소수염의 그 사악한 미소가 바로 등 뒤에 있을 것만 같았다.

잠깐이라도 걸음을 멈추면 염소수염의 기형도가 표사에게 그랬던 것처럼 자신의 목을 그어 버릴 것만 같았다.

스쳐 가는 바람에도 목덜미가 서늘했다.

풀잎들이 살갗에 닿을 때마다 소름이 돋고 오금이 저렸다.

발치에 걸리는 돌멩이가 마치 지옥 아귀의 손길처럼 느껴졌다.

숨이 턱까지 차오도록 내달렸다.

입에서 단내가 나도 멈추지 않았다.

그리해 도저히 두 발이 움직이지 않게 되었을 때,

"몰라! 이젠 죽어도 못 가! 죽이든지 살리든지 맘대로 하라고 그래!"

극복할 수 없는 육체의 한계에 그렇게 자포자기해 버리고는 벌러덩 드러누워 버렸다.

그러면서도 떨쳐 낼 수 없는 공포에 온 신경을 곤두세웠다.

다행히 아무 소리도 나지 않았다.

누군가 쫓아오는 기색도 없었다.

주위에 보이는 것이라곤 온통 잡풀과 들꽃뿐이다.

그런데 뭔가 비정상적이다.

'뭐가 이렇게들 커?'

지금 자신을 내려다보고 있는 사람 키만큼이나 큰 저것은 강아지풀을 닮았다.

나무인 것 같으면서도 나무가 아닌 것 같은 저것은 왠지 국화꽃을 닮았다.

'대체 여긴 어디야?'

마치 자신이 거인 나라에라도 온 것 같은 기분이었다.

게다가 코끝을 아릿하게 스쳐 가는 이 향기는 또 뭘까?

그 향기를 맡고 있자니 기분이 이상했다.

붕 뜬 것 같기도 하고 나른한 것 같기도 하다.

숨 막힐 듯 조여 오던 긴장과 공포가 슬금슬금 빠져나가고 묘한 안도가 마치 물이 스며들 듯 적셔 들어온다.

몽롱했다. 잠이 밀려드는 것이 아니라 잠 속으로 잠식되어가는 듯한 느낌에 스르르 눈이 감겼다.

그렇게 루하는 잠에 빠져들었다.

그런데 그 순간이었다. 무슨 조화인지 루하의 몸이 녹, 적, 황, 백, 청의 오색영롱한 빛을 내기 시작했다.

더욱 괴이쩍은 것은 그 다음이었다.

누가 손을 쓴 것도 아닌데 루하의 몸이 저절로 두둥실 떠오르고 있었다.

오색영롱한 빛이 더욱 강렬해졌다.

그 강렬하고 찬란한 빛 무리에 가려 이젠 아예 루하의 몸이 보이지가 않게 되었다. 그 모습은 그야말로 빛 무리에 돌돌 말린 누에고치나 다름없었다.

그리고 시간이 정지한 듯 모든 것이 멈췄다.

그렇게 얼마나 지났을까?

날이 저물고 해가 떴다. 그 해가 다시 저물고 다시 떠오르기를 세 번 반복했을 때, 새로운 변화가 생겼다.

루하의 몸을 감쌌던 오색의 빛 무리가 차츰 옅어지기 시작한 것이다. 아니, 옅어진 것이 아니라 루하의 몸속으로 스며들고 있었다.

그리고 그 빛이 모두 루하의 몸속으로 사라졌을 때, 마치 뱀이 허물을 벗듯 루하의 피부가 벗겨져 내렸다. 그 위로 새살이 돋고 다시 벗겨졌다. 또 새살이 돋고 또 벗겨졌다. 그러기를 수차례 반복하는 동안 주위의 모든 것이 메말라 갔다.

잡풀도, 들꽃도, 나무도, 땅도…….

마치 삼 년 가뭄에 시달린 대지처럼.

그런데도 그런 변괴의 중심에 있는 루하는 세상모른 채 단잠에 빠져 있었다.

*　　*　　*

두 노소가 산을 오르고 있었다.

한 명은 하얀 도포에 단정한 문사건이 잘 어울리는 초로의 노인이었고 한 명은 아직 앳된 얼굴이 보기 드물게 귀엽고 사랑스러워 보이는 십오 세 정도의 소녀였다.

초로의 노인은 의술에서만큼은 가히 천하제일이라 불리는 의선가(醫仙家)의 전대 가주 성수의선(聖手醫仙) 예운형(芮雲衡)이었고 소녀는 그의 손녀 예설란(芮雪蘭)이다.

설란이 예운형을 따라 바쁘게 걸음을 옮기며 불안과 들뜬 기대를 동시에 담아 물었다.

"정말 이곳에 조화지기(調和地氣)가 있는 거예요?"

목, 화, 토, 금, 수. 다섯 가지의 기운을 어느 하나에 치우치지 않고 조화롭게 품은 땅을 조화지(調和地)라 하고 거기에서 나오는 지기를 조화지기라 한다. 하지만 설란이 말한 조화지기는 단지 그것을 두고 하는 말이 아니었다.

조화지기가 한 장소에 오랜 시간을 머물다 보면 잡티 하나 없이 맑아져서 순정의 상태가 되는데 이를 천지무극조화지기라 한다. 설란이 말한 조화지기란 바로 이것을 말하는 것이었다.

하지만 이 천지무극조화지기란 것은 정말이지 천운이 따라주지 않으면 찾을 수가 없는 것이었다. 아니, 그 존재 자체가 수많은 기적과 천운 속에서 탄생한다고 해도 과언이 아니다.

그도 그럴 것이 조화지기만 해도 흔하게 볼 수 있는 것이 아닌 데다 그것이 천지무극조화지기가 되려면 주변 환경에 따라 적게는 수십에서 많게는 수백 년이 걸리기도 하는데, 지기란 것이 본시 한곳에 머물러 있지 않고 움직이고 변화하는 성질을 가지고 있는지라 조화지기가 그렇게 한곳에 머물며 무사히 천지무극조화지기로 완성될 확률이란 정말이지 한여름에 눈이 내리는 것만큼이나 희박했다.

더구나 그렇게 완성이 된 후에는 만 칠 일이 지나면 천지로 흩어져 버린다. 그러니 천지무극조화지기를 일컬어 기적 속에서 탄생하고 천운 속에서 발견되는 천외천의 신물이라 하는 것이다.

그러한 기적이 발현된 것이 칠백 년 전이었다.

그리고 지금, 무려 칠백 년 만에 다시 천지무극조화지기가 나타났다고 한다.

예운형이 고개를 저었다.

"글쎄다. 나 역시 확신을 할 수는 없구나."

예운형이 직접 두 눈으로 확인을 한 것이 아니었기 때문이다.

수십 년 동안 의선가와 약초 거래를 해 온 약초꾼이 하나 있다. 약초에 관해서만큼은 다른 사람에게 맡기지 않고 자신이 직접 관리를 해 오는 터라 그와는 얼굴을 보고 지낸 지가 삼십 년이 넘어서 이젠 오랜 벗 같은 사람이었다. 그 약초꾼에게서 들었다.

'자네 요즘 산신의 보살핌이라도 받나 보군. 약초들이 하나같이 좀처럼 보기 드문 특상품이야.'

'산신의 보살핌도 보살핌이지만 땅 기운이 좋은 곳을 찾았거든요.'

'땅 기운이 좋은 곳?'

'그게…….'

'허허, 이 사람. 설마하니 내가 자네 밥그릇이라도 탐낼까 봐서 그러나?'

'어휴. 아닙니다요. 제가 어떻게 의선께 그런 불경한 생각을 할 수가 있겠습니까요? 음…… 오태산 취암봉(翠岩峰) 북쪽에 유난히 볕이 잘 들고 바람이 좋은 곳이 있는데 말입니다요, 거기가 기운이 범상치가 않

더라 이 말씀입죠.'

'기운이 범상치가 않다?'

'제가 뭐 풍수니 지리니 이딴 거엔 일자무식이지만 그래도 약초를 캐러 산을 다닌 지 반백 년이 넘었지 않습니까요. 그래서 땅 기운에 대한 감 하나 만큼은 누구 못지않다 자부를 하는데, 거긴 발을 디딘 순간 '여기다!' 싶을 정도로 뭔가 기운이 남다르지 뭐겠습니까요.'

'그럼 요즘 가져온 약초들이 다 거기서 캔 것들인가?'

'예. 그렇습죠.'

'확실히 범상치 않은 지기를 가지고 있나 보군. 자네가 요즘 가져온 약초들은 흔한 질경이조차 놀랍도록 효능이 뛰어난 것들이었으니…… 한데, 그렇게 좋은 터를 발견한 것치고는 지금 자네 표정이 뭔가 개운치가 않아 보이는데?'

'그게 말입니다요. 한 달 전쯤부터인가 좀 이상해져서 말입니다요.'

'이상해지다니? 뭐가 말인가?'

'딱히 뭐가 이상하다고 말씀은 못 드리겠습니다만은…… 기운이라 할지 분위기라 할지…… 게다가 묘한

냄새도 나고.'

'냄새?'

'사향 냄새 같기도 하고 유황 냄새 같기도 한데…….'

그때 예운형의 뇌리를 스친 것이 바로 조화지기였다.

조화지기란 것이 원래 천지무극조화지기로 변하기 전까지는 지맥에 조예가 깊은 풍수가들조차 쉽게 구분을 할 수가 없는 것이었다. 하지만 천지무극조화지기로 변하기 이십팔 일 전부터 서서히 눈에 띄는 변화가 나타나는데 그 첫 번째 징후가 바로 사향 같기도 하고 유황 같기도 한 냄새였다.

그러나 어디까지나 만에 하나의 가능성이었다.

약초꾼이 느꼈다는 그 범상치 않은 기운이나 약초꾼이 캐어 온 놀랍도록 뛰어났던 약초들의 성능, 그리고 그 기묘한 냄새마저도 만에 하나의 가능성에 불과할 만큼 천지무극조화지기란 것은 지극히 진귀하고 신령한 것이었다.

"허나 만일 그것이 조화지기가 맞다면, 지금쯤이면 분명 천지무극조화지기가 완성이 되었을 것이다."

약초꾼이 냄새를 맡은 것이 스물다섯 날 전이다. 그 이틀 날 전에만 해도 냄새를 맡지 못했다고 하니 천지무극조화지기가 되기까지 남은 시간은 최소 이틀, 여기까지 달려오는 동안 닷새가 지체되었으니 적어도 이미 사흘 전에는 천지무극조화지기가 완성이 되었을 것이다.

"분명 천지무극조화지기가 맞을 거예요! 틀림없어요!"

설란이 확신에 차서 강한 어조로 말했다.

아니, 그것은 확신이 아니라 불안이었고 그보다 더 절박한 바람이었다.

예천향. 그녀의 남동생이 죽어가고 있었다.

구음연화절맥(九陰軟化絕脈).

이제 열세 살의 동생이 열여덟을 넘기지 못할 거라고 한다.

천하제일을 자랑하는 의선가의 의술로도 앞으로 오 년이 한계라고 한다.

단 하나 동생을 치유할 수 있는 방법은 의선가 비전의 영천단(瑛天丹)뿐이었다.

칠백 년 전 의선가의 시조인 의성(醫聖) 예좌흔(譽佐欣)이 스무 개를 만들어 그중 절반은 사람을 살리는 데 사용하고 절반은 당시 교분이 깊던 소림의 방장 혜공선사(惠空禪師)에게 선물했던, 그래서 칠백 년이 지난 지금은 의선가의 것이 아니라 소림의 것처럼 인식되고 있는 희대의 영약. 심지어 이름마저도 바뀌어 불리고 있었다.

이름하야, 소림대환단(少林大丸丹)이다.

그랬다.

역근세수경, 장경각과 더불어 소림의 삼대보물로 불리는 소림대환단은 소림의 것이 아니었다. 명백히 의선가의 것이었다. 그 제조법 또한 의선가 비전으로 전해 내려오고 있어 소림은 전혀 알지도 못했다.

문제는 제조법은 알아도 재료를 구할 방도가 없다는 것이다.

아니, 다른 모든 재료들은 다 구했지만 딱 하나 칠백 년 동안 구하지 못한 것이 있었는데 그것이 바로 천지무극조화지기였다.

천지무극조화지기가 없이는 다른 재료들은 그저 뼈를 녹이고 살을 태우는 극독에 지나지 않았다.

오직 천지무극조화지기만이 극양과 극음, 목, 수, 금, 토, 화의 그 치열하고 강한 기운들을 조화롭게 다스려 깨끗하게 정제시키고 부드럽게 순화시킬 수가 있었다.

그로 인해 칠백 년 동안 절전되어 온 영천단이었다.

소림에 아직 다섯 알이 남아 있어 사정도 하고 권리도 주장해 봤지만, 칠백 년 전의 은원은 그들이 칠백 년이나 어렵게 지켜 온 보물을 내어놓게 하기에는 애당초 너무 케케묵은 것이었다. 그야말로 씨알도 안 먹혔다. 단호한 거절

뒤에는 차가운 냉소밖에 없었다.

무정한 소림을, 무심한 하늘을, 무기력한 자신을 원망했다.

동생이 고통 속에서 죽어 가는 것을 그저 손 놓고 지켜볼 수밖에 없는 현실에 그렇게 절망하고 있었다.

그런 때에 천지무극조화지기가 나타난 것이다.

'향이를 가엾게 여긴 하늘이 도우시려는 거야.'

죽은 그녀의 모친이 하늘에서 향이를 보살피고 있는 것이다.

그러니 지금 그들이 찾아가고 있는 것은 천지무극조화지기가 분명했다.

아니, 반드시 그래야만 했다.

그러한 마음은 예운형이라고 다르지 않았다.

이미 포기해 버렸던 손주였다. 포기할 수밖에 없었던 손주였다.

한데 살릴 방도가 생겼다. 그 절박함과 간절함이야 말해 뭐하겠는가.

걸음이 빨라졌다.

뒤따르는 설란의 걸음도 바빠졌다.

그런데…… 어떻게 된 것일까?

"정말 여기가 맞아요?"

설란이 믿기지 않는다는 표정으로 되물었다.

그도 그럴 것이 눈앞에 보이는 풍경들은 도무지 천지무극조화지기를 품은 것이라고는 보이지가 않았던 것이다.

죽은 땅을 비옥하게 하고 생명을 더욱 풍성하게 하는 것이 조화지기였다. 하물며 천지무극조화지기라면 오죽할까. 그런데 지금 눈에 보이는 것은 거북이 등짝처럼 쩍쩍 갈라진 땅과 비틀리고 메말라서 화석처럼 변한 잡풀과 들꽃뿐이었다.

거기에는 생명의 기운이라고는 단 하나도 보이지 않았다.

"분명 여기가 맞다."

"그럼 설마…… 이미 천지로 흩어져 버린 거예요? 하지만 아직 나흘은 남았다고 하셨잖아요?"

"아니다. 단지 천지로 흩어진 것이라면 땅이 이처럼 말라 버리진 않았을 게야."

"그럼요?"

"무언가에 흡수가 되어 버린 모양이다."

그렇게 말하는 예운형의 목소리에는 숨길 수 없는 탄식이 섞여 있었다.

더욱 불안해진 설란이 급히 물었다.

"무언가에 흡수되어 버렸다면…… 그게 뭔데요?"

설란의 물음에 잠시 대답을 미룬 예운형이 주위를 살폈다. 그러다 무언가를 집어 들어 그녀에게 보여 주었다.

뱀의 허물처럼 생긴 얇은 조각이었다. 하지만 그 조각은 이내 기체가 되어서 연기처럼 사라져 버렸다.

"조화지기를 담을 수 있는 것은 천하 만물 중에 오직 하나밖에 없지 않느냐?"

"사람……이군요. 누군가가 지기를 흡수해서 환골탈태까지 해 버린 거죠? 방금 그건 그 허물인 거구요?"

"아무래도 그런 모양이로구나."

"그걸 흡수하면 어떻게 되는데요?"

"글쎄다. 사람의 몸에 조화지기가 담긴 사례가 없으니 나인들 그것을 어찌 알겠느냐. 다만……."

"……?"

"가장 조화로운 몸이 될 테지. 그 조화로움이 어떠한 형태로 발현이 될는지는 모르겠다만……."

예운형의 말에 설란이 살짝 고운 미간을 찌푸렸다.

조화로운 몸이란 표현이 너무 모호하고 막연했다. 그렇다고 구체적으로 물어볼 수도 없는 것이, 지금 자신이 느끼는 그 모호함은 예운형도 크게 다르지 않아 보였기 때문이었다.

게다가 지금은 그것이 중요한 것이 아니었다.

"그래서요? 이제 영천단은 어떻게 해야 만들 수 있는 거예요?"

결국 그녀의 가장 큰 관심사는 영천단이었다.

예운형의 관심 또한 오직 그 하나였다. 그래서 이곳에 당도한 그 순간부터 그가 가진 의술 지식을 총동원해서 이 사태에 대한 해결책을 찾고 있었다.

하지만 아무리 머리를 쥐어짜 봐도 마땅한 해결책이 없었다. 그런 예운형의 표정을 읽은 설란이 금방이라도 울 것 같은 얼굴로 물었다.

"방법이 없는 거예요?"

그녀 역시 의선가의 사람이었다.

남들보다 영특한 머리를 가지고 있었고 남들보다 비범한 지식을 습득하고 있었다. 지금 상황이 얼마나 절망적인 상황인지 충분히 짐작할 수 있었다.

하지만 다행히 예운형은 한 가닥 기대를 얘기했다.

"지기가 천지로 흩어진 것이 아니니 아예 방법이 없지는 않을 게다. 결국 지기를 흡수한 자에게서 해결의 실마리를 찾아야 할 터인데…… 확신할 수는 없다만 그자가 흡수한 지기를 온전히 자신의 것으로 만들어 그것을 자유롭게 다룰 수 있게 된다면, 뭔가 활용할 방도가 생기지 않을까 싶구나."

확신할 수 없다. 그러나 그 역시 이대로 포기하고 싶지는 않았다.

지푸라기라도 잡는 심정이었지만, 적어도 그것은 지푸라기보다는 튼튼한 가능성이었다.

"그러니 지금 급선무는 그자를 찾는 것이겠지. 가자꾸나. 아직 여기저기 흔적들이 남아 있는 것을 보니 그자를 찾는 것이 그리 어렵지는 않을 게야."

"아뇨. 할아버진 향이에게로 돌아가세요. 향이가 잠이라도 편히 잘 수 있게 만드는 건 할아버지의 침술뿐이잖아요. 벌써 닷새나 떠나 있어서 지금도 많이 힘들어하고 있을 거예요."

"허나 지금은 그자를 찾는 것이 가장 중한 일이 아니겠느냐?"

설란이 고개를 저었다. 그리고 결의에 찬 눈빛으로 힘주어 말했다.

"그자는 제가 찾을게요. 제가 찾아서 반드시 의선가로 데리고 갈게요. 그러니까 그동안 할아버진 향이를 돌봐주세요."

第三章

그러니까 빨리 벗기나 해

루하가 눈을 뜬 것은 예운형과 설란이 그곳에 당도하기 한 시진 전이었다.

눈을 뜬 루하의 시야 속으로 황량해진 풍광이 들어왔다.

"여긴 왜 이 모양이야?"

피폐해지고 메마른, 그래서 쓸쓸하게까지 보이는 주변 모든 풍광들이 낯설다.

잠들기 전에 본 주위 풍경은 분명 이렇지가 않았다.

마치 세상이 끝나 버린 것처럼 삭막하고 황폐하다.

"무슨…… 귀신에라도 홀린 것 같잖아?"

괜히 으스스해서 후다닥 자리에서 일어섰다.

그런데 뭔가 느낌이 이상했다.

개운하다 할까, 가볍다고 할까?

눈도 맑아진 것 같고 몸에 활력도 넘친다.

하지만 그뿐이다.

뭔가 구체적으로 이렇다 할 만한 차이점은 느껴지지 않았다. 그래서 그 같은 변화를 그저 단순하게 생각해 버렸다.

"그 와중에도 참 달게도 잔 모양이네. 피로가 싹 풀린 것 같잖아?"

돌이켜보면 아직도 등허리가 서늘해 온다.

사람이 죽는 걸 처음 보는 건 아니었지만 그렇게 바로 눈앞에서 목이 잘려 나가는 것을 본 적은 없었다.

허공에 뿌려지며 코끝을 아릿하게 만들던 비릿한 혈향은 정신을 아득하게 했고 끄르륵거리던 죽음의 소리는 소름 끼치도록 섬뜩했으며, 생의 마지막 순간 너무도 많은 것을 담고 있던 표사의 동공은 애처로우면서 숨 막히도록 무서웠다.

그 찰나의 순간이 아직도 뇌리에 박혀서 지워지지 않는다.

그 기억이 어우러지니 지금 주위의 풍경들이 더욱 삭막하고 을씨년스러웠다.

루하는 서둘러 왔던 길을 되짚어 걸음을 옮겼다.

정신없이 달려온 길이지만 한결 맑아진 정신 덕분인지 지나온 길이 또렷이 기억이 나서 길을 찾는 데는 어렵지 않았다.

다만 불안했다.

'설마 그 도적놈들이 아직도 거기에 있는 건 아니겠지?'

이대로 다시 그곳으로 돌아가면 혹시 또 벽악채의 도적들을 만나게 되지나 않을까 겁이 났다. 그렇다고 방향을 바꿀 수는 없었다. 방향을 바꿨다가 자칫 이 깊은 산중에서 길이라도 잃게 되면 그쪽이 오히려 더 위험했다.

그래서 불안과 두려움을 애써 억누르고는 주위를 살피며 한 걸음 한 걸음 조심스럽게 내디뎠다. 그렇게 사건의 장소에 당도하고 보니 다행히 벽악채는 보이지 않았다. 전날에는 그토록 공포스러웠던 장소였건만 벽악채가 사라진 그곳은 언제 그랬냐 싶게 그저 한적하고 고즈넉한 산길일 뿐이었다.

아니, 얼핏 보기에만 그랬다.

치운다고 치운 모양이지만 바위며 나무에 말라붙은 핏자국이, 그날의 참혹했던 흔적들이 채 다 지워지지 않고 남아 있었다.

'표사들은 무사할까?'

표물은?

벽악채 도적들은 어떻게 되었을까?

궁금한 것들이 밀려들었다. 하지만 한가하게 그런 거나 곱씹고 있기에는 마음이 너무 급했다.

표사고 표물이고 벽악채고 간에 지금은 그저 이 흉험한 곳을 벗어나고 싶은 일념뿐이었다.

루하는 혹시라도 벽악채 도적들이 뒤에서 자신을 불러 세우지나 않을까 불안해하며 조금도 지체하지 않고 산을 내려갔다.

그렇게 산을 내려온 다음에야 알았다.

'사흘이나 지났다고?'

그저 한나절 정도 잠든 거라 생각했다.

벽악채를 만난 것이 점심을 먹고 채 한 시진도 지나지 않아서였고 잠에서 깬 것도 그즈음이어서 '대체 얼마나 잤던 거야? 진짜 하루가 꼬박 지난 거야?' 그렇게 생각했다.

그런데, 하루를 꼬박 정신없이 잤다고 해도 충분히 놀랄 일이었는데 그게 하루가 아니라 이미 사흘이나 전에 있었던 일이라고 한다.

'겨울잠 자는 곰도 아니고, 사람이 사흘이나 내리 잠만 잘 수가 있는 거야?'

혹시 잠을 잤던 것이 아니라 혼절이라도 했던 것일까?

'나 아무 때나 막 혼절하고 그러는 약해 빠진 사내는 아닌데…….'

아무튼 그 사이 그렇게나 많은 시간이 지났다고 하니 새삼 표국의 일이 여러 가지로 걱정이 되었다.

루하는 곧장 표국으로 향했다.

물론 표물을 내팽개치고 비겁하게 도망을 친 처지라 마음이 편치는 않았지만 어차피 쟁자수였다. 쟁자수가 제 목숨부터 챙겼기로서니 그것이 문제 될 일은 아니었다.

'그래도 트집 잡으면 뭐, 관둬 버리면 그만이고.'

쟁자수라는 게 워낙에 각광을 받는 직종이다 보니 일자리 구하는 게 그리 쉽지만은 않겠지만, 쟁자수 경력 이 년에 마차도 몰 줄 알고 수레도 끌 줄 아는 자신의 조건이면 어디 간들 일자리 하나야 못 구할까 싶었다.

'정 안 되면 다시 청루에라도 들어가지, 뭐.'

그렇게 마음을 단단히 먹고 표국에 당도하니 가장 먼저 양윤이 그를 반겼다.

"자네 대체 어딨다가 이제야 오는 건가? 난 또 그날 자네도 같이 변이라도 당한 게 아닐까 해서 얼마나 걱정을 했는지 아는가?"

"그냥 좀 그렇게 됐어요. 근데 표행은 어떻게 됐어요?

다들 무사해요?"

"무사는 무슨…… 말도 말게나. 표행을 이끌던 이철심 표두를 포함해서 그날 죽은 표사가 열둘이야. 표물도 모조리 강탈당했고."

"이철심 표두도 죽었다고요?"

"이철심 표두를 비롯해서 표사 열두 명이 죽었네. 표물도 모두 잃었고."

생각보다 훨씬 더 심각한 피해였다.

모르긴 몰라도 만수표국이 문을 연 이래 사상 최악이 아닐까 싶었다.

"듣자 하니 그것도 벽악채 놈들이 많이 봐준 거라더군. 인사차 실력을 보여 준 정도에서 그친 거지. 그게 아니었으면 아마 그날 표사들은 한 명도 살아남지 못했을 것이네."

"그래서 지금 표국 분위기는 어떤데요? 복수는 안 한대요?"

"말해 뭣하겠나? 그야말로 초상집 분위기지. 그리고 복수를 어떻게 하겠나? 상대가 만만한 자들도 아니고. 복수를 하려면 적어도 표국 전력의 절반은 잃을 각오를 해야 하는데 그래서야 의미가 없지. 그땐 정말로 표국의 문을 닫아야 할 테니까. 그렇다고 잃은 표물을 다시 찾을 수 있다는 보장이 있는 것도 아니고."

양윤의 말대로였다.

저기 안휘의 대륙표국(大陸鏢局)이나 호북의 천룡표국(天龍鏢局)같이 천하제일을 다투는 표국이라면 모를까, 만수표국 같은 군소 표국이야 잃으면 잃은 대로 그냥 저냥 꾸려 나갈 수밖에 없는 것이 현실이다.

씁쓸히 웃고 있는 양윤을 보며 잠시 머뭇거리던 루하가 이내 제일 궁금했던 것을 물었다.

"저에 대한 별다른 말은 없었어요?"

"자네에 대한?"

"그게…… 어쨌든 표물을 두고 도망을 쳤으니까……."

"그게 어디 자네 하나뿐인가? 그날 표행에 선발되었던 쟁자수들은 전부 다 도망쳤는데. 더구나 지금 표국 상황이 워낙에 엉망진창이라 쟁자수들한테까지 신경 쓸 여유가 없어."

예상은 했던 거지만 그래도 이렇게 직접 말로 들으니 한결 마음이 놓이긴 한다.

"그렇긴 해도 조심은 해야 할 거야. 지금 표사들 분위기가 좀 살벌하거든. 한솥밥 먹던 동료들이 하루아침에 떼죽음을 당했으니 표사들 신경이 날카로워질 대로 날카로워져 있는 거지. 어제만 해도 장 씨가 임 표사한테 잘못 걸려서 엄한 매질을 당했고."

장 씨라면 그날 루하와 같이 표행에 참여했던 쟁자수였다.

그리고 표사 임오연(林五蓮)은 산서에서 제법 이름 꽤나 있는 청운무관(靑雲武館) 출신으로 한 달 전쯤 만수표국에 새로 들어온 새파란 신입 표사였다.

"장씨 아저씨가 왜요?"

"이유랄 게 뭐 있나. 표사들은 그렇게 많이 죽어 나갔는데 쟁자수들은 죄다 멀쩡했으니 그게 배알이 뒤틀렸던 거지. 그러라고 표사인 거고 그러라고 쟁자수인 건데, 표국 돌아가는 사정 모르는 생초짜의 눈에는 우리 쟁자수들이 마냥 팔자가 늘어져 보였던 게지. 제 놈들 받아 처먹는 건 생각 못 하고 말이야. 아무튼 그러니까 되도록 조심하게. 웬만하면 다음 표행 일정이 잡힐 때까진 집에서도 나오지 말고. 당분간은 표사들 눈에 안 띄는 게 상책이니까. 하긴, 당분간이랄 것도 없나? 당장 내일이라도 표국이 문을 닫을지 모르는 판국이니……."

"문을 닫다니…… 표국 상황이 그렇게나 안 좋아졌어요?"

"총 배상해야 할 비용이 삼천 냥이 넘는다더군. 거기다 죽은 표사들 가족한테 지급될 위로금도 만만치 않고. 듣기로는 현재 표국의 재정만으로는 감당이 아예 불가능해서 표국주님께서 직접 사방으로 돈을 빌리러 다닌다고 하던데…… 뭐, 그게 잘 안 되면 문을 닫을 수밖에 없지 않겠나?"

잠시 말을 끊은 양윤이 한숨을 푹 내쉬었다.

"앞으로 정말 살 길이 막막하구만. 자네야 능력이 되니 여기가 문을 닫아도 금방 다른 표국에 일자리를 구할 수 있겠지만 나처럼 경력도 일천하고 힘도 제대로 못 쓰는 백면서생을 어디서 받아주겠나? 거참, 여기서나마 겨우겨우 자리를 잡아 보나 했더니 갑자기 이게 웬 날벼락인지……."

더구나 좋지 못한 과거까지 가지고 있는 양윤에겐 정말이지 앞이 깜깜한 상황이었다. 그런 양윤에 비하면야 확실히 루하의 사정은 나은 편이었다. 하지만 그 역시 이대로 만수표국이 문을 닫는 것은 바라지 않았다. 무엇보다 다른 표국으로 옮기게 되면 지금과 같은 대우는 기대할 수가 없었다. 나이가 어리다는 이유로 경력이나 능력은 철저히 무시되어 버릴 것이기 때문이다.

"그나저나…… 자네 말이야."

앞으로의 일을 생각하며 침울해하던 양윤이 문득 이상하다는 듯 루하를 본다.

"자네……."

"……?"

"좀 달라져 보이는데……."

"예?"

"아니, 딱히 어디가 달라졌다고 말하기는 좀 그런데……"

"……?"

"뭐랄까…… 음…… 그냥 좀…… 자네 원래 이렇게 잘생겼었나?"

"예? 갑자기 무슨 그런 실없는 농담을……."

"아니 농담이 아니라, 정말로 잘생겨 보여서 말이네. 전에는 별로 그런 생각을 안 해 봤었는데, 지금 보니 자네…… 꽤 미남자였구만."

'나…… 좀 잘생겼나?'

루하는 동경 속에 비친 자신의 얼굴을 이리저리 뜯어보며 어떤 도취감을 맛보고 있었다.

양윤의 말을 듣고 집으로 돌아와 동경을 열 때만 해도 그저 실없는 소리 정도로 여겼었는데, 막상 동경 안에 비친 자신의 얼굴을 보고 있자니 왠지 좀 낯설었다.

역시 잘생겨졌다.

딱히 이렇다 할 변화는 없었다.

눈이 커진 것도 아니고 콧대가 높아진 것도 아니다. 없던 쌍꺼풀이 생겨난 것도 아니고 얼굴이 작아진 것도 아니다. 자신도 어디가 어떻게 달라진 건지 도통 알 수가 없다.

굳이 꼽자면 얼굴이 좀 뽀얘졌다 싶은 정도?

거친 세상 험하게 굴러다니며 거칠어질 대로 거칠어진 피부가 왠지 모르게 아기 속살처럼 매끄럽고 부드럽게 변했다는 정도?

검고 하얀 눈동자가 유난히 더 검고 하얗게 보인다거나 왠지 모르게 깊어 보이고 또 왠지 모르게 반짝거린다는 정도?

'뭐야? 결국 변하긴 변한 거잖아?'

그것도 상당히.

'갑자기 왜? 어떻게? 대체 무슨 조홧속인 거야?'

그는 단지 산속에서 사흘 동안 죽은 듯이 잠들었던 것뿐이다.

그 사흘 동안 대체 무슨 일이 벌어졌던 것일까?

'애초에 이상한 곳이긴 했지.'

비정상적으로 컸던 잡풀이나 들꽃도 그렇고 아직도 코끝에 남아 감도는 기이한 향기도 그렇고, 잠에서 깨고 나니 완전 다른 세상이 되어 버린 듯했던 그 삭막한 풍경도 과히 정상은 아니었다.

오히려, 아무리 정신없는 와중이었고 벽악채에 대한 두

려움과 표행에 대한 걱정들로 마음이 급했다지만 그런 기이한 일들을 대수롭지 않게 넘겼던 자신의 무신경함이 조금 어이가 없을 지경이다.

'혹시 무슨 기연이라도 있었던 건가?'

흔히 이야기꾼의 영웅담에 주로 나오는 천년삼왕이니 만년하수오니 공청석유니 하는 희대의 영약을 먹었다든가.

'뭐, 그런 건 입에도 안 댔고.'

아니면 어느 전설의 은거기인으로부터 엄청난 내공을 물려받았든가.

'그런 노인네는 코빼기도 못 봤는데 무슨…….'

애당초 고작해야 얼굴 좀 잘생겨지고 몸이 조금 가벼워진 것뿐이다. 기연이라고 할 만큼 거창한 변화 따위는 있지도 않았다.

'하긴, 유치하게 기연은 무슨…… 왜 이래? 정신 차리라고. 나 막 그렇게 기연 타령이나 하고 요행이나 바라는 그런 사람 아니잖아?'

그런 한심한 생각이나 하고 있을 바에야 차라리 발이나 닦고 잠이나 자는 게 나았다.

'어차피 머리를 쥐어짠다고 나올 답도 아니고.'

그런데, 복잡해지려는 머릿속을 그렇게 정리한 바로 그 순간이었다.

탕! 탕! 탕!

갑자기 누군가 거칠게 문을 두드렸다.

'이 오밤중에 누구야?'

이미 밤이 깊은 시각이었다.

'곽충 형님인가?'

곽충. 괄괄한 성격의 동료 쟁자수로 유난히 루하를 좋아해서 심심할 때나 술이 고플 때면 밤낮 가리지 않고 불쑥불쑥 루하의 집을 찾아와 이렇듯 문을 두들겨 대곤 하는 사람이었다. 아마도 그의 소식을 양윤으로부터 전해 듣고 달려온 모양이었다.

곽충에게 루하는 귀여운 동생일지 모르지만 사실 루하에게 곽충은 그리 달가운 사람은 아니었다. 조금 귀찮고 조금 피곤한 사람이었다. 그래서 문 두드리는 소리에 눈살부터 찌푸리게 된다.

"거참. 해 떨어진 이후에는 찾아오지 좀 말라니까."

그렇게 투덜거리며 문을 열었다.

"……?"

그런데 곽충이 아니었다.

문 앞에 서서 그를 빤히 올려다보고 있는 것은 수염 더부룩한 시커먼 사내가 아니라 작고 왜소한 체격의 웬 낯선 소녀였다.

순간 루하는 눈을 동그랗게 떴다.

'귀, 귀엽다!'

반듯한 이마에 그린 듯 매끈한 눈썹과 그 아래 오밀조밀하게 자리를 잡은 눈 코 입까지, 주루와 청루에서 일하며 숱하게 많은 여자들을 봤었지만 맹세코 지금 눈앞에 있는 이 소녀만큼 귀여운 여자아이는 본 적이 없었다. 특히나 빤히 올려다보는 크고 맑은 눈망울은 왠지 모를 신비로움마저 느끼게 했다.

"너…… 맞지?"

심지어 불쑥 그렇게 운을 떼는 목소리마저 참으로 듣기에 좋았다.

그런데,

'너 맞지?'

뭐가 맞다는 것일까?

루하가 어리둥절해하자 소녀가 다시 물었다.

"지기를 훔쳐간 거, 너 맞지?"

'지기?'

도통 무슨 말인지 모르겠다. 지금 이 순간 소녀가 보이고 있는 이유 모를 적의도 이해가 안 된다. 게다가 아무리 귀여운 얼굴이라지만 자신보다 두어 살은 어려 보이는 여자애가 대뜸 반말지거리에 사람을 도둑놈 취급까지 하니 기분이 꽤 더러웠다. 당연히 나오는 말투가 고울 리가 없었다.

"대체 내가 뭘 훔쳤다는 거야? 지기라는 게 뭔데? 나 남의 물건이나 훔치고 그러는 사람 아니거든?"

"천지무극조화지기."

"천지…… 뭐?"

"천지무극조화지기. 천지간에 가장 조화로운 기운. 천지간에 가장 귀하고 값진 것을 네가 가져갔어. 그러니까 돌려줘."

"그러니까 좀 알아들을 수 있게 이야기를 하라니까! 천지…… 암튼 그걸 왜 나한테서 찾아? 내가 뭘 어쨌다고? 나 남의 물건이나 훔치고 그러는 사람 아니라니까. 아니, 그 전에 대체 넌…… 누구야?"

* * *

'난 의선가의 장녀 예설란이야.'

그렇게 시작된 소녀의 설명은 길었다.

그 긴 설명을 대충 간추리자면 이러했다.

자신의 동생이 불치병으로 죽어 가고 있고 그 병을 치료하기 위해서는 반드시 천지무극조화지기가 필요하다는 것,

그런데 하필이면 천지무극조화지기가 만들어진 그때 그 장소에 그가 드러눕는 바람에 천지무극조화지기가 모두 그의 몸 안으로 흡수가 되어 버렸다는 것, 그러니 동생을 치료하기 위해서 의선가로 같이 가야 한다는 것이었다.

듣는 내내 놀라움의 연속이다.

의선가라는 이름 정도는 그도 풍문으로나마 들었었다.

의술에서만큼은 천하제일이라 불리는 가문이었다.

이 눈앞의 소녀가 그 대단한 곳의 장녀라는 것도 놀라웠고 자신이 잠들었던 삼 일간 정말로 기연을 얻었다는 것도 놀라웠다. 무엇보다 놀라운 것은 황당해하고 어리둥절해하는 그를 보며 오히려 그것도 몰랐냐는 듯 툭 던져오는 핀잔이었다.

"환골탈태마저 했으면서 자신이 기연을 얻었다는 것도 몰랐던 거야?"

"뭐? 환골탈태? 내가?"

환골탈태라면 이야기꾼의 영웅담에서 나오는 기연의 극(極)! 기연의 정점! 기연의 대표 명사가 아니던가?

"근데 난 왜 이 모양이야?"

고작해야 얼굴 좀 잘생겨지고 몸 좀 가벼워진 거 말고는 달라진 것이 없지 않은가?

"환골탈태를 했으면 내공이 막 몇 갑자씩 늘어나서 장풍도 쓰고 하늘도 막 날아다니고 그래야 하는 거 아냐?"

"뭐라는 거야? 환골탈태를 해서 내공이 몇 갑자씩 늘어나는 게 아니라 몇 갑자가 단번에 늘어나니까 환골탈태를 하는 거야. 내공이 몇 갑자씩 단번에 늘어나 버리면 몸이 그 엄청난 기운을 감당할 수 없어서 그걸 감당할 수 있는 가장 알맞은 신체로 변화를 하는 거라고. 근데 넌 내공이 늘어나서 환골탈태를 한 게 아니라 지기의 기운 때문에 환골탈태를 한 거잖아? 그러니까 내공과는 상관이 없는 거지."

"그럼 뭐랑 상관이 있는데? 그 대단한 환골탈태까지 했는데, 대체 뭐가 좋아진 거야?"

"몰라. 인간이 천지무극조화지기를 흡수한 전례 자체가 없는데 거기에 가장 알맞은 신체라는 게 어떤 건지 내가 어떻게 알겠어? 뭐가 어떻게 변했고 뭐가 어떻게 좋아진 건지 알려면 시간을 두고 찬찬히 살펴봐야 해. 그러니까 나랑 같이 의선가로 가."

"안 가."

"뭐? 왜?"

"결국 천지 뭐라는 거, 그거 내가 훔친 게 아니잖아? 그냥 길가다 주운 거지. 게다가 그게 원래부터 의선가의 것도 아니었고. 근데 대뜸 사람을 도둑놈 취급해 놓고 사과 한 마디 없이 같이 가자고 하면 내가 순순히 따라나설 것 같아? 나 이래 봬도 자존심 좀 챙기는 남자거든?"

"좋아. 아까는 내가 마음이 급해서 그랬어. 향이를 살릴 방법을 겨우 찾았는데 일이 이렇게 돼 버려서 괜히 속이 상해서 그랬어. 사과할게. 사과할 테니까 같이 가."

"싫어."

"또 왜? 사과했잖아?"

"그깟 영혼 없는 사과 따위 눈곱만큼도 필요 없거든? 게다가 사과는 사과고, 딱히 당장에 동생을 치료할 방법이 있는 것도 아니라며? 지기를 완전히 내 것으로 만든 다음에야 치료든 뭐든 가능하다며? 근데 그렇게 만들 방법을 아직 찾지 못했다며? 그러면 지금 내가 의선가엘 간다고 달라질 게 없잖아?"

"그러니까 더더욱 의선가에 가서 방도를 찾아봐야지."

"내가 왜? 뭘 믿고 거길 가? 나한테 무슨 짓을 할 줄 알고? 막말로 네 동생 살리려고 내 간이라도 뽑으려 들지 어떻게 아냐고."

"우리 의선가는 그런 짓 안 해!"

"그렇겠지. 어련하실까. 천하제일의 의술을 자랑하는 의선간데 그런 흉악한 짓을 할 리가 없겠지. 하지만 세상 이치란 게 그런 게 아니거든. 가장 밝은 곳의 뒤에는 가장 깊은 그림자가 숨어 있기 마련인 거거든. 의선가라는 이름 뒤에도 뭐가 숨어 있을지 내가 알게 뭐겠어? 무엇보다 남 목숨 백 개보다 제 목숨 하나가 더 귀한 게 인지상정인데 그게 의선가라고 해서 다를 거라고는 생각되지 않는단 말이지."

"달라! 다르다고! 우리 의선가는 그런 짓 따위 안 한다니까!"

버럭 신경질적으로 악을 써대는 것까지 귀엽다. 그래서 마음이 살짝 흔들리기도 했다.

'이렇게까지 귀여운 건 좀 반칙이지!'

하지만 미색에 홀려 사리분별도 못 할 만큼 좋은 세상 살아온 인생이 아니었다. 루하는 흔들리는 마음을 다잡고 더욱 더 단호하게 고개를 저었다.

"아, 됐어. 뭐라고 해도 난 안 가. 의선가든 뭐든 간에 내 목숨 남한테 맡기는 짓 따위는 절대로 안 해."

어림도 없다는 듯 손을 휘휘 내저으며 축객령까지 내린다.

그러자 더는 설득이 소용없다 생각했는지 설란이 눈썹을 사납게 치켜 올렸다.

"흥! 네가 안 간다면 내가 못 데려갈 것 같아?"

목소리도 사뭇 위협적이다.

단순한 협박이 아니었다. 의선가가 무림에서 그 명맥을 칠백 년이나 이어올 수 있었던 것은 단지 높은 의술 때문만이 아니었다. 아무리 여러 이해 관계에서 비교적 자유로운 의선가라 할지라도 무림에 발을 딛고 있는 한 수많은 위험들에 노출될 수밖에 없었고, 그럼에도 지금껏 가문이 굳건히 뿌리를 내릴 수 있었던 것은 그 한 몸 지킬 수 있는 힘을 가지고 있었기 때문이다.

그런 의선가의 장녀다.

무공 한 자락 제대로 배우지 못한 루하를 의선가로 데리고 가는 것은 마음만 먹으면 세 살 먹은 아이 손목 비트는 것보다 쉬운 일이었다.

하지만 루하는 전혀 겁먹은 기색이 아니었다. 오히려 거 보란 듯이 비웃었다.

"이 봐, 이 봐. 내 이럴 줄 알았다니까. 천하제일의 의가는 개뿔. 마음대로 안 되면 힘부터 쓰려는 건 하오문이랑 다를 것도 없는데, 뭐. 이래놓고 나더러 대체 의선가의 뭘 믿으라는 거야?"

나름 믿는 구석도 있었다.

"그리고 뭔가 단단히 착각을 하고 있는 것 같아서 말해두겠는데, 네 말대로 날 데려가는 거야 얼마든지 가능하겠지. 하지만 그러려면 정말로 내 피라도 뽑고 간이라도 빼낼

각오를 해야 할 거야. 네 동생을 살리는 데 난 절대로 돕지 않을 테니까. 적어도 그게 내 의사로, 내 의지로 결정할 수 있는 일이라면 네 동생을 살리는 짓 따위는 절대로 하지 않을 테니까!"

루하의 말에 얼굴이 붉으락푸르락 해져서는 눈초리를 파르르 떠는 설란이다.

분함이 아니었다.

그저 답답한 마음을, 그리고 야속한 마음을 숨기기엔 아직 어리고 맑은 것뿐이다.

루하의 말은 하나도 틀리지 않았다.

당연히 피를 뽑고 간을 빼서 치료할 수 있는 일이 아니었다.

그렇게 단순할 일도 아닐뿐더러 지난 칠백 년간 오직 사람을 살리는 것을 최고의 선으로 여겨 온 의선가에서 그런 짓이 용납될 리도 없었다.

지기가 완전히 루하의 것이 된다고 하더라도, 그리고 영천단을 만들 수 있게 된다고 하더라도 정작 그것을 만들고 말고는 어디까지나 루하의 의사에 달려 있었다.

그러니 그녀와 루하 사이에서 강자는 루하였고 그녀는 약자였다.

"그래도 말귀는 알아듣는 것 같네. 그러니까 말이야, 나한테 도와달라고 무릎을 꿇고 빌어도 모자랄 판에 막 위협이나 하고 그러는 건 좀 아니잖아? 안 그래?"

설란의 기세가 한풀 꺾이자 이번엔 루하가 한껏 기세가 올라 사뭇 거만한 투로 말을 이었다.

"뭐, 사람이 죽어 간다는데 무작정 나 몰라라 할 만큼 나란 놈, 그렇게 무정한 놈은 아냐. 그러니까 지기를 완전히 내 것으로 만들 방법부터 찾아. 그리고 그걸로 어떻게 영천단을 만드는지 그것도 알아오고. 그럼 내가 이것저것 확인해 보고 별 문제 없겠다 싶으면 기꺼이 도와줄 테니까."

그걸로 할 말을 모두 마친 루하가 이번엔 친절하게 문을 열어 주기까지 했다.

그런 루하를 보는 설란의 눈가가 그렁그렁했다.

마음은 절박한데 지금으로서는 루하를 데리고 갈 방법도, 설득할 말도 찾을 수 없으니 애만 타고 서러움만 북받친다. 하지만 그것도 잠시, 이내 뭔가 단단히 결심이 선 듯한 표정을 하더니 루하의 침상 위 이불들을 주섬주섬 챙겨 들어서는 침상 옆 한쪽 바닥에 가지런히 깐다. 그러고는 등에 메고 있던 봇짐을 베개 삼아 그 위로 대뜸 누워 버린다.

"너…… 뭐하냐?"

멀뚱히 설란이 하는 양을 지켜보던 루하가 그제야 어리둥절해하며 물었다.

대답은 바로 나왔다.

"의선가로 가는 건 싫다며? 그러니까 나라도 여기 남아야지. 여기 남아서 지기를 완전히 네 것으로 만들 수 있는 방법을 찾아낼 거야. 영천단을 만드는 방법은 분명히 할아버지가 알아내실 테니까. 그러니까 나중에 딴소리나 하지 마."

"야. 아무리 그래도 그렇지, 여기서 살겠다고? 나랑 같이?"

"네 상태를 살피려면 이게 제일 나으니까."

"대체 누구 맘대로? 내가 왜 널 내 집에서 살게 해야 하는데? 아직도 착각을 하고 있나 본데, 넌 어떻게든 나한테 잘 보여야 할 처지라니까? 이렇게 막무가내로 굴고 개념 없이 막 그러면 안 돼."

"너야말로 착각하고 있는 거 아냐?"

"뭐?"

"넌 기연을 얻었어. 그것도 세상에 다시없을 진귀한 기연을 얻은 거야. 물론 당장은 그게 어떤 형태로 발현이 될지는 나도 몰라. 하지만 이것 하나는 장담할 수 있어. 그 기연이 네가 지금껏 보지 못한 세상을 보게 하고 지금껏 살지 못한 세상을 살게 할 거라는 거."

"……."

"지금 내가 지기를 완전히 네 것으로 만들 방법을 찾는 건 당연히 내 동생을 살리기 위해서지만 그건 동시에 너한테도 행운이고 기회도 된다는 말이야. 그 기회를 이대로 날려 버릴 거야? 평생에 다시없을 기연을 얻었는데 바보처럼 그 기연을 제대로 사용도 못 한 채로 늙어 죽을 거야? 정말 그래도 괜찮아? 안 아까워?"

전혀 안 괜찮다.

무지 아깝다.

다만 이렇다 할 변화를 못 느끼다 보니 아직도 기연을 얻었다는 실감이 안 났을 뿐이다. 심지어 환골탈태라는 말을 들었을 때도 그냥 다른 사람의 일처럼 느껴졌다.

그런데, 지금껏 보지 못한 세상을 보게 하고 지금껏 살지 못한 세상을 살게 할 거라는 설란의 그 말이 묘하게 마음을 설레게 했다. 새삼 흥분과 기대로 가슴이 떨려 오기도 한다.

'지기라는 게 그렇게 대단한 거야?'

사람 마음이 참 간사하긴 간사한가 보다.

그저 영천단이라는 약의 재료로 쓰인다고 할 때는 조약돌처럼 보였던 그것이 세상에 다시없을 기연이라는 몇 마디 말에 이젠 황금처럼 느껴진다.

"이제 알겠어? 네가 나한테 절실하게 필요한 것처럼 너한테도 내가 절실히 필요하다는 걸. 그러니까 난 여기서 살 거야. 의선가로 같이 가면 더 좋겠지만 그건 싫다니까 네 옆에서 내가 아는 모든 지식을 다 동원해서 방법을 찾아 볼 거야. 그러니까 넌 앞으로 내가 하라는 대로만 해. 그게 내 동생과 네 기연을 살리는 가장 빠르고 안전한 길일 테니까."

그러고는 홱 등을 돌리는 설란이다.

돌아누운 작고 왜소한 등에서 당당한 기세가 느껴졌다.

반대로 그런 그녀를 보는 루하는 한 마디 말도 못 한 채 꿀 먹은 벙어리가 되어 있었다.

그야말로 순식간에 전세 역전이다.

그도 그럴 것이 지금까지는 그저 무식해서 용감했던 것뿐이다. 그런데 그녀의 말인즉슨 그녀가 하기에 따라서 자신의 인생을 송두리째 바꿔 줄 수도 있다지 않는가.

발을 뻗어도 누울 자리를 봐 가면서 발을 뻗는 법인데, 하물며 황금 동아줄일지도 모르는 상대에게 내키는 대로 뻗댈 만큼 역시 그렇게 좋은 세월 살아온 인생 아니다. 상대에 따라서, 이득에 따라서 태도를 조금 달리할 수 있는 주변머리 정도는 있었다.

이제 그녀는 그저 자신의 것을 뺏으러 온 도적이 아니다.

돈을 물 쓰듯 펑펑 써 대는 돈 많은 물주다. 아니, 물주

까진 아니더라도 그녀의 말대로 적어도 그에게도 그녀가 절실히 필요한 존재가 된 것만은 분명했다.

그에 걸맞게 대우를 해 주는 거야 당연지사였다.

그리해 루하가 사뭇 상냥한 말투로 물었다.

"저기…… 그거 불편하지 않아? 베개라도 하나 갖다 줄까?"

뒤척뒤척.

루하는 좀처럼 잠들지 못하고 있었다.

처음 얼마간은 망상의 연속이었다.

설란은 지기가 어떻게 발현이 되는지 모른다고 했지만 루하가 생각하는 기연의 최종 목적지는 하나뿐이었다.

무공의 고수가 되는 것.

그리해 망상 속의 그는 표사가 되어 도적들을 물리치기도 하고 표국의 주인이 되어 표사들을 호령하기도 했으며 무림의 협객이 되어 강호를 질주하기도 했다. 그리고 천하사대미녀들의 구애에 행복한 고민에 빠지기도 했다. 그런데 그렇게 끝 간 데 없이 날아오르던 상상의 나래가 딱 거기에서 멈춰 버렸다.

정작 천하사대미녀들의 얼굴을 모르는 것이다. 단 한 번도 본 적이 없다. 대체 얼마나 예쁘면 천하사대미녀라 불릴 수 있는 건지 전혀 감도 잡히지 않았다. 그가 아는 여인이 라고 해 봐야 기껏해야 청루에서 웃음 팔고 몸 파는 노류장 화들뿐이니까.

아니, 아예 아무것도 떠오르지 않는다면 그냥 그러려니 무시해 버리고 행복한 망상을 계속 이어갔을 것이다.

'근데 왜 자꾸 쟤 얼굴이 떠오르는 거냐고!'

천하사대미녀의 얼굴을 상상해 볼라치면, 화중화(花中花) 백옥선(白玉鮮)의 얼굴도 설란의 얼굴이 되고 검향선녀(劍香仙女) 단자경(丹紫瓊)의 얼굴도 설란이 된다. 남봉황(藍鳳凰) 우문설혜(宇文雪蕙)도, 북해신녀(北海神女)도 마찬가지다.

'그래 뭐, 쟤가 좀 이쁘긴 하지. 이쁘긴 해.'

설란은 지금껏 그가 만난 여인들 중에 가장 예뻤다.

아예 비교 자체를 불허했다.

아직은 앳된 티를 벗지 못한 것이 흠이라면 흠이지만 이 삼 년만 지나도 과연 얼마나 더 예뻐질지 짐작도 되지 않았다. 심지어 천하사대미녀들의 저 나이 때 모습이 딱 저런 미모가 아닐까 싶을 정도였다.

그러니 미녀라고 하면 반사적으로 설란의 얼굴이 떠올라 버리는 것도 무리가 아니다.

생각이 거기에까지 미치자 괜히 더 신경이 쓰인다.

좁은 방 안에 둘만 있다는 사실도 새삼스럽게 의식이 된다.

그러고 보면 여자와 단둘이 한 방에서 밤을 보내는 것은 처음이었다.

나이 열일곱, 한창 피 끓는 청춘이 아니던가.

의식을 안 할 때는 몰랐지만 막상 의식을 하고 보니 오감이 온통 설란에게로 향한다.

심장이 쿵쾅거려 왔다.

얼굴도 화끈거렸다.

이불을 머리 위까지 덮고 애써 잠을 청해 보지만 그럴수록 왠지 마음은 더 싱숭생숭해지고 몸은 더워진다.

그런 루하와는 달리 참 달게도 자는 설란이다.

새근새근—

쌕쌕거리는 숨소리가 그보다 더 편안하게 들릴 수가 없다.

'겁이 없는 건지 세상 물정 모르는 건지…….'

생각하니 조금 억울했다.

'누군 자기 때문에 잠도 못 자고 이러고 있는데 말이야.'

홀로 천하태평인 그녀가 얄밉기도 했다.

'이참에 세상이 얼마나 험하고 무서운 곳인지 한번 깨닫게 해 줘?'

하지만 관뒀다.

그랬다가는 오히려 세상이 얼마나 험하고 무서운지 깨닫게 되는 것은 자신일 테니까. 하다못해 볼이라도 꼬집어 주고 싶지만 그마저도 용기가 없는 것이 현실이었다.

결국 참다못한 루하가 침상에서 몸을 일으켰다.

이대로 억지로 누워 있어 봐야 이미 멀리 달아나 버린 잠이 금방 다시 돌아올 것 같지는 않았다. 온갖 잡생각에 마음만 뒤숭숭하고 몸은 후끈후끈 더워지고, 나가서 찬바람이라도 쏘여야 할 것 같았다.

그래서 밖으로 나왔다.

여름이 가고 이제 완연한 가을이었다.

밤공기가 쌀쌀했다.

워낙에 몸이 더워진 상태라서 그런지 옷깃 속으로 파고드는 쌀쌀한 바람이 딱 기분 좋을 만큼 시원했다.

'아니지. 이거 혹시 한서불침인가 뭐 그런 거 아냐?'

내공이 일정한 경지에 이르면 추위와 더위를 느끼지 않게 된다는 경지.

'환골탈태까지 한 몸인데 한서불침 아니라 금강불괴가 되었다고 해도 이상할 게 없잖아?'

대개의 영웅담에서는 환골탈태와 금강불괴는 이음동의어나 마찬가지니까.

'그러니 한서불침 정도야 기본으로 깔고 가는 게 당연하잖아?'

하지만 그 같은 기대는 불과 반 각도 지나지 않아서 산산이 부서져 버렸다.

"한서불침은 개뿔!"

춥다.

조금 더 있으니 으슬으슬 한기까지 온다.

잠자리 차림의 얇은 홑겹으로 견디기엔 오늘 따라 유난히 더 밤바람이 찼다.

'정말 나 환골탈태를 한 게 맞긴 맞아? 얼굴 좀 잘생겨진 거랑 몸이 좀 가벼워진 것 말고는 달라진 것도 모르겠고…… 아니, 얼굴이 잘생겨지긴 한 거야? 그냥 기분 탓 아냐?'

혹시나 싶어 제자리에서 폴짝폴짝 뜀박질도 해 보고 전속력으로 달려도 봤지만 역시 이렇다하게 달라진 게 느껴지지 않았다.

괜스레 짜증이 치민다.

'잘 살고 있는 사람 괜히 헛바람만 잔뜩 들게 만들고 말이야. 지기란 거, 내 거로 만들기만 하면 정말 세상이 달라지긴 하는 거야?'

아니, 그전에 지기를 자신의 것으로 만들 수 있기나 한 걸까?

'딱히 방법도 모른다며?'

설란은 그녀가 하라는 대로만 하면 된다고 했지만 과연 의선가라는 이름 하나만 믿고 자신을 내맡겨도 되는 건지 새삼 의심이 든다.

'더구나 언제까지 그래야 하는 건데?'

"나도 몰라. 말했다시피 지금으로서는 어떤 것도 장담할 수 없어."

"그럼 기약도 없이 마냥 니가 시키는 대로 하라는 거야? 십 년, 이십 년, 언제 끝날지도 모르는데?"

"어쩔 수 없잖아. 당장은 확실한 게 아무것도 없는데."

"어쩔 수 없어? 확실한 게 아무것도 없어? 그래서 십 년이든 이십 년이든 마냥 기다리라는 거야? 참 나, 남의 일이라고 너무 태평한 거야 아냐?"

"누가 태평하다는 거야? 내 동생의 생사가 달린 일인데 뭐가 남의 일이라는 거야? 너야 십 년이든 이십 년이든 얼마든지 시간이 있지만 내 동생한테 남은 시간은 이제 오 년도 채 안 돼. 근데 내가 태평하다고? 너보다 열 배 백 배 마음이 급한 건 나란 말이야!"

루하를 노려보는 눈빛이 사납다 못해 표독스럽기까지 하

다.

'하여튼 동생 얘기만 나오면 가시 세운 고슴도치가 따로 없다니까.'

답답한 마음에 별생각 없이 한 마디 했다가 저렇듯 격한 반응을 대하고 보니 괜히 미안하기도 하고 머쓱하기도 해서 슬쩍 말문을 돌렸다.

"그래서…… 이제 어떻게 하면 되는데?"

루하가 슬쩍 말문을 돌리자 잠시 더 그를 사납게 노려보던 설란도 이내 표정을 풀고는 대답했다.

"내가 밤새 곰곰이 생각을 해 봤는데……."

"밤새? 곰곰이 생각을 했다고?"

"왜?"

"아니, 밤새 누가 업어 가도 모를 정도로 곯아떨어졌던 건 누군가 해서."

"무슨 말을 하는 거야?"

"아냐, 아무것도. 잠도 안 잤는데 꿈이라도 꿨나 보지, 뭐. 암튼 그래서? 밤. 새. 곰곰이 생각을 한 결과가 뭔데?"

"이미 말했던 것처럼 사람이 지기를 흡수했던 전례 자체가 없어. 그래서 어떻게 해야 지기를 온전히 네 것으로 만들 수 있는지도, 그것이 어떤 식으로 발현이 되는지도 몰라. 유사한 사례도 없어서 참고할 문헌조차 없는 게 현실이야. 아예 백지에서부터 시작해야 한다는 거지."

"그래서?"

"그래서 아예 기본에서부터 시작할 거야."

"기본?"

"지금 상태는 지기가 네 몸 어딘가로 숨어 버린 상태야. 지기란 것이 원래 숨고자하는 성질을 가지고 있는 것이 가장 큰 이유겠지만, 지금 네 몸 상태가 지기를 감당할 수 있는 상태가 아닌 것도 분명 이유 중 하나일 거야."

"환골탈태를 해서 지기에 적합한 몸이 된 거라며?"

"아직 아냐. 환골탈태로 네 몸에 엄청난 변화가 있었던 것은 맞아. 내공으로 따지면 일류와 절정의 경계를 가름하는 임독맥이 모두 뚫렸으니까. 뭐, 그래 봐야 내공 한 점 없는 너한텐 돼지 목에 진주 목걸이고 개 발에 편자인 셈이지만. 아무튼 단지 그걸로는 천지무극조화지기에 적합한 그릇이 되었다고는 할 수 없어. 그저 아주 기초적이고 기본적인 틀만 갖춰진 것뿐이야."

"그럼 어떻게 해야 하는데?"

"그 기본적인 틀 위에 뼈대를 세우고 살을 붙여서 적합한 그릇으로 만들어야지. 우선 지기의 크고 강한 기운이 자유롭게 움직여도 무리가 가지 않도록 십이경맥과 기경팔맥을 튼튼하게 할 거야. 삼백육십 개의 혈 자리도 보다 깊고 단단하게 만들 거고. 지금은 형체조차 없는 상, 중, 하의 세 단전도 열 거야. 그렇게 해서 지기가 마음껏 뛰놀아도 전혀 지장 없을 정도의 몸 상태가 되면 분명 뭔가 변화가 있을 거라고 생각해."

뭔지는 잘 모르지만 꽤나 거창하고 그럴싸하게 들린다.

"그래서 그걸 다 하려면 어떻게 해야 하는데?"

"일단 운기토납법부터 배워야겠지. 하지만 그전에 먼저 시행되어야 할 일이 있어."

"그게 뭔데?"

"대라환원금침대법(大羅還元金針大法)."

순간 루하가 눈살을 팍 찌푸렸다.

"그거 혹시 침술이야?"

"당연하지. 금침대법이라고 했잖아?"

"그니까 나한테 침을 놓겠다고? 얼마나? 몇 개나?"

"한 번에 다 놓는 게 아니라 한 시진 단위로 세 번에 나눠서 놓을 거야. 모두 합하면 이천백육십 개고."

순간 루하는 자신이 잘못 들은 줄 알았다.

"뭐? 몇 개?"

"이천백육십 개."

잘못 들은 게 아니다.

"너 미쳤냐? 뭐? 이천 개? 내 몸을 아예 바늘구멍으로 만들 참이야?"

이천백육십 개라는 말에 기겁을 해서 펄쩍 뛰는 루하다.

설란이 그런 루하를 보며 한심하다는 투로 말했다.

"대라환원금침대법이 얼마나 대단한 건지나 알고 그러는 거야? 그거 한 번 받아 보려고 얼마나 많은 무림인들이 우리 의선가를 찾아오는지 알기나 해? 무림의 이름 높은 고수들이 돈을 바리바리 싸 들고 와도 쉽게 못 받는 의선가 최고의 비전침술이란 말이야. 그걸 내가 친히 너한테 베풀어 주겠다는데 감사히는 생각 못 할망정 뭐야, 그 태도는?"

"사람이 아예 고슴도치가 될 판인데 감사는 개뿔!"

상상만 해도 끔찍하다.

"안 해. 싫어. 대라금침인지 뭔지 그게 얼마나 대단한 건진 모르겠지만 그것도 잘됐을 때 얘기지. 침이란 거 자칫 잘못 놓으면 사람이 죽을 수도 있다는데, 이천 개가 넘는 침을 놓는다며? 그러다 까딱 실수하면 나 그대로 골로 갈 수도 있는 거 아냐? 도검도 아니고 바늘 따위에 찔려서 뒈지기는 싫다고!"

"안 죽어! 의선가의 장녀를 뭐로 보는 거야?"

"의선가의 장녀는 뭐 사람 아냐? 실수 안 한다는 보장 있어? 도대체가 사람 몸에 침을 이천 개나 박는다는 게 말이나 되는 거냐고. 그 많은 걸 대체 어디다가 다 꽂는다는 거야?"

"아 글쎄, 괜찮다니까. 아직 갈 길이 먼데 시작부터 이렇게 비협조적이면 대체 어쩌자는 거야? 일단 이번 한 번만 맞아 봐. 그래서 조금이라도 몸에 이상이 있으면 그땐 나도 다른 방법을 생각해 볼 테니까."

"자, 잠깐만. 뭐? 이번 한 번? 그럼 그걸 몇 번씩이나 해야 한다는 거야?"

"당연하지. 침술의 효과라는 게 한 번에 뚝딱 나타나는 게 아니잖아. 특히 대라환원금침대법은 그 효능이 대단한 만큼 더 오랜 시간과 지속적인 처치가 필요해. 칠 주야에 한 번씩, 총 서른여섯 번을 할 거야."

"서, 서른여섯 번? 미쳤냐! 한 번으로 끝난다고 해도 할까 말까 할 판에 그 미친 침부림을 서른여섯 번이나 당하라고? 안 해! 죽어도 안 해! 차라리 날 그냥 회를 뜨라고!"

"사내가 되어 가지고 꼴사납게 앙탈 좀 그만 부리시지?"

"앙탈? 꼴사납게?"

"내가 말했지? 내 동생한테 남은 시간이 그리 많지 않다고. 지금 난 한가하게 투정이나 받아줄 형편이 아니란 말이야. 그러니까 빨리 벗기나 해."

"버, 벗어? 뭘?"

"옷 벗으라고. 옷을 벗어야 침을 놓을 거 아냐. 전신 모든 혈 자리에 침을 놓아야 하니까 그냥 지금 입고 있는 거 전부 다 벗으면 돼."

"얘가 지금 뭐라는 거야? 설마 나더러 네 앞에서 홀딱 다 벗고 알몸이라도 내보이라는 거야?"

"부끄러워할 것 없어. 난 여자가 아니라 어디까지나 의원이니까."

"이게 정말 보자보자 하니까 아주 사람을 지 맘대로 가지고 놀려고 드네. 계집애가 말이야, 까부는 것도 정도가 있어야지. 의술 좀 안답시고 어딜 사내대장부한테 함부로 옷을 벗으라 마라 하는……."

갈수록 가관이라는 듯 루하가 그렇게 불평을 늘어놓던 중이었다.

'후…….' 하는 짤막한 한숨이 설란의 입술을 비집고 흘러나온다 싶던 순간, 느닷없이 루하의 가슴팍 안으로 파고 드는 설란이다.

'어?'

그 갑작스러운 상황에 어리둥절해하는 사이 뒷덜미 어림에 따끔한 통증이 느껴지는가 싶더니 그 통증을 타고 저릿한 감각이 마치 뇌전처럼 온몸으로 퍼져 나갔다.

그리고 그 직후 몸이 움직이지 않았다.

'뭐, 뭐야? 내 몸이 왜 이래?'

손가락 하나 꼼짝할 수 없었다.

눈조차 깜빡거릴 수가 없었다.

'대체 지금 나한테 무슨 짓을 한 거야?'

그 같은 놀람도 머릿속에서만 맴돌 뿐 말이 되어 나오지 않았다. 다행히 루하의 의문은 설란의 친절한 설명에 금방 풀렸다.

"겁먹을 거 없어. 그냥 마혈을 짚은 것뿐이니까."

"……."

"시술에만 꼬박 다섯 시진이 걸리는 일이야. 침술을 받는 사람이야 그냥 누워만 있으면 되지만 그걸 시술하는 시술자는 다섯 시진 동안 단 한 순간도 집중을 흩트리면 안 돼. 네 말대로 침술이란 건 한 번의 실수로 돌이킬 수 없는 사태를 불러일으킬 수도 있으니까. 그게 얼마나 힘들고 고단한 일인지 짐작이나 할 수 있겠어? 가진 기력과 심력을 모두 다 쏟아부어야 하는 일이라고. 지금 이렇게 너랑 한가하게 실랑이나 하고 있을 여유가 없단 말이야."

할 말을 마쳤다는 듯 루하를 훌쩍 들어서는 침상 위에 반듯하게 눕힌다.

설란이야 할 말을 마쳤지만 루하는 아직 할 말이 많았다.

'야! 지금 어딜 만져? 옷은 왜 건드려? 에이, 농담이지? 정말 그러려는 건 아니지? 어, 어, 정말이야? 정말로 벗기

는 거야?'

아주아주 할 말이 많았다.

'야, 야, 야! 너 지금 뭐하는 거야? 바지 끈은 왜 풀어? 야! 하지 마! 야, 이 미친년아! 하지 말라니까! 하지 말라고! 어이! 이봐! 여보세요! 아, 안 돼. 안 되는데…… 거긴…… 진짜…… 거기만은…… 제발…… 아흑…….'

할 말은 아주아주 많았지만 단 한 마디도 말이 되어 나오지 않는다.

설란의 거침없는 손길에 실오라기 하나 걸치지 않은 알몸뚱이가 된 그 순간 마음속 백 마디 천 마디 말을 대신한 것은,

또르르.

뺨을 타고 흐르는 한 줄기 눈물이었다.

참담함도 아니다.

굴욕감과도 달랐다.

그렇다고 설란에 대한 분노도 아니었다.

뭐랄까…… 뭔가 소중한 것을 잃어버린 듯한 상실감 같은…….

'나…… 그냥 콱 죽어 버릴까?'

第四章

이만하면 나도 이제 무림인이라고
할 수 있는 거 아니겠어?

사람 마음이란 게 참 간사하긴 간사한가 보다.

대라환원금침대법을 받기 전까지만 해도 그렇게 싫고 무서웠는데, 설란에 의해 발가벗겨졌을 때는 참담하고 굴욕적이다 못해 서럽고 억울해서 콱 혀를 깨물고 죽고 싶을 만큼 비참한 기분이었는데, 장장 다섯 시진에 걸쳐서 알몸으로 있다 보니 창피함은 무뎌지고 오직 자신의 몸에 하나하나 더해 가는 침들에만 온 신경이 곤두선다.

그리해 그 예민하고 살벌한 금침대법이 끝났을 때 루하는 왜 무림의 고수들이 그거 한 번 받아보려고 돈을 바리바리 싸 들고 의선가를 찾는지 이유를 알 수 있었다.

서른여섯 번 중 고작 한 번 받았을 뿐인데 힘이 넘쳤다. 아니, 단지 힘이 넘친다는 말로는 충분하지 않았다.

생명이 충만해지는 느낌이라고 할지 충실해지는 느낌이라 할지…… 뭐라 말로 표현할 수 없는 만족감과 안정감이 머리부터 발끝까지 온몸을 가득 채우고 있었다.

하지만 그건 맛보기에 불과했다.

뒤이어 설란이 가르쳐 주는 대로 토납술을 행하자 일각도 되지 않아 하단전이 뜨거워졌다. 다시 일각이 더 지났을 때 그 뜨거움은 어떤 형체마저 갖추어지고 있었다. 게다가 그건 상당히 묵직했다.

"설마 이거……."

루하가 꽤나 흥분되고 들뜬 눈으로 설란을 보자 설란이 고개를 끄덕였다.

"맞아. 내공이야. 물론 말도 안 되는 일이지. 절정의 내공심법이라 해도 단전에 내공이 만들어지기까지는 반년은 걸리는데 고작 이런 기본적인 토납술로 겨우 이각 만에 내공이 생긴다는 건 상리(常理)에 완전히 어긋난 일이지. 이런 기행과 기사가 가능하게 된 것은 물론 금침대법 덕분이고."

내기(內氣)라는 것은 단전에만 있는 것이 아니다. 인체 삼백육십 개 혈 모두에 일정량의 내기가 깃들어 있는데 흔히 이를 잠력이라 부른다.

"금침대법은 혈 자리를 깊고 단단하게 해서 그 잠력을 높이는 것과 동시에 잠력의 일부를 끌어내어 사용할 수 있게 길을 터 주는 역할도 해. 그러니까 지금 네 단전 속에 있는 것은 축기된 내공이 아니라 원래부터 네 속에 있던 사용하지 않던 내기를 끌어모은 거라는 거지. 다만……."

"……."

"단지 금침대법의 영향이라고 하기에는 그 양이 너무 많아. 사람마다 차이는 있기 마련이지만 그래도 이건 좀…… 환골탈태의 영향인 건지 아니면 지기의 영향인 건지……."

"많다면 얼마나?"

"간단히 말하면 절정의 내공심법으로 족히 이십 년은 축기를 해야 만들 수 있는 양이야."

"뭐?"

루하가 눈을 동그랗게 떴다.

"그럼 내가 지금 이십 년의 내공을 얻었다는 말이야?"

"그렇게 좋아할 거 없거든? 그래 봐야 뿌리가 얕아서 지금은 제대로 사용도 못 하는 거니까. 그걸 온전히 단전에 안착을 시키려면 금침대법을 서른다섯 번을 더 받아야 해."

"그럼 해. 바로 해. 칠 일이나 기다릴 게 뭐 있어? 하루에 한 번씩만 받으면 거진 한 달이면 끝나는 거 아냐?"

"조금 전까진 죽어도 안 하겠다고 난리를 쳐 대지 않았어?"

"그야 그게 이렇게나 대단한 건지 몰랐을 때 얘기지!"

말이 이십 년 내공이지 표사들 중에도 이십 년 내공을 가진 사람은 아무도 없었다. 내공의 햇수를 따질 때 기본적으로 기준이 되는 것이 절정의 내공심법인데, 기껏해야 이류의 내공심법으로 이십 년 삼십 년 아무리 축기를 해 본들 절정의 내공심법에는 절반에도 미치지 못했다.

그가 알기로 만수표국에서 이십 년 이상의 내공을 가진 사람은 표국주 광풍오뢰도(狂風五雷刀) 조철중(曹哲重)과 지난번 항산에서의 전투에서 천신과도 같은 무위로 광풍채의 도적들을 물리쳤던 총표두 섬전검 곡운성뿐이었다.

다시 말해 금침대법을 서른다섯 번만 더 받고 나면 만수표국에서 세 손가락 안에 드는 내가고수가 되는 것이다.

지기니 기연이니 그런 거야 여전히 뜬구름 잡는 느낌인데 반해 지금 이건 손만 뻗으면 잡을 수 있는 엄연한 현실이었다. 그러하기에 루하에게는 그 이십 년 내공이야말로 더할 수 없이 짜릿한 기연이었고, 흥분되고 가슴 떨리는 새로운 세상이었다.

게다가 처음이 어렵지, 다섯 시진을 발가벗겨진 채 볼꼴 못 볼 꼴 다 보여 주고 나니 이젠 두려운 것도 부끄러운 것도 없다. 아니, 여전히 설란 앞에 알몸을 보일 걸 생각하면 창피해서 눈앞이 까마득해질 지경이지만, 그런 창피함조차 전혀 중요한 것이 아니게 되어 버렸을 만큼 지금 당장 자신이 겪고 있는 이 놀라운 변화들이 너무도 즐겁고 신났다.

"그러니까 후딱 끝내 버리자고. 너도 급하다며? 동생 목숨이 오 년도 채 남지 않았다면서 금침대법에만 반년을 넘게 쓰는 건 너무 낭비 아냐?"

"안 돼."

"그니까 왜 안 돼?"

"지금 내 얼굴 안 보여?"

"니 얼굴이 뭐가……."

급한 마음에 무심결에 반박을 하던 루하가 순간 움찔했다.

자신에게 일어난 놀라운 변화에만 너무 몰두를 하다 보니 미처 깨닫지 못했던 것인데, 지금 설란의 얼굴이 정상이 아니었다.

창백했다.

단지 핏기 한 점 없이 창백할 뿐 아니라 그 사이 완전히 다른 사람이 되어 버린 것처럼 초췌해져 있었다.

"너 왜 이래?"

"왜 이렇긴. 말했잖아, 모든 기력을 다 쏟아부어야 하는 일이라고. 한 번 시술에 칠 주야의 시간을 두는 건 다른 이유가 아냐. 그 이상은 내 몸이 버텨 내질 못해서 그런 거지. 그러니까 일단 난 쉴 거야. 넌 그동안 아침저녁으로 하루에 두 번씩 운기조식을 해. 아까 가르쳐 준 소주천(小周天) 방법 기억하지?"

"그건 기억하는데…… 그럼 대주천은?"

대주천의 방법도 같이 배웠다.

소주천에 비해 시간이 오래 걸리긴 하지만 그 효과는 훨씬 더 크다고 했다.

설란이 단호하게 고개를 저었다.

"대주천은 안 돼. 임독맥이 모두 열려서 대주천이 가능하긴 하지만 아직 뿌리가 약해서 자칫 잘못하면 주화입마에 빠질 위험이 있어. 흥이 돋고 마음이 급해져도 절대로 무리하면 안 돼. 알았지?"

루하가 이제 말 잘 듣는 순한 양이 되어 고개를 끄덕였지만, 그래도 안심이 안 되는지 두 번 세 번 더 당부를 한 다음에야 자리에 눕는 설란이다.

눈은 감았지만 잠을 자는 건 아닌 것 같았다.

새근새근 아기 숨소리 같던 지난밤과는 달리 호흡이 가늘고 길며 기계적으로 일정하다.

'이게 와식법이라는 건가?'

운기조식이라 하면 대개 앉아서 하는 좌식법을 떠올리기 마련이지만 좌식법 외에도 서서하는 입식, 누워서 하는 와식, 마보의 자세를 취하는 참식 등 여러 가지 다양한 방법이 있었다. 각각의 장담점과 효율에 따라서, 그리고 상황에 따라서 선택을 하게 되는 만큼 거기에 특별한 의미를 부여할 필요는 없을지도 모르지만 그런 설란을 보는 루하의 마음은 왠지 짠했다.

효율이나 그 나름의 장점 때문이 아니라 그저 앉아 있을 기력조차 없어서 어쩔 수 없이 와식법을 취하고 있는 것으로 보였기 때문이었다.

그만큼 지금 설란은 기운이 없어 보였다.

마치 생명을 다한 꽃처럼 시들어 버린 듯한 느낌이었다.

괜스레 미안했다.

따지고 보면 이 모든 것이 다 어디까지나 동생을 위한 일이었지만 그래도 이렇게 지쳐 있는 모습을 보니 미안하고 안쓰럽고 약간의 책임감도 들었다.

'어쨌든 고마운 건 고마운 거니까.'

그녀가 이렇게 애써준 덕분에 내공이란 것도 가져 보게 되지 않았던가.

더구나 그녀는 이렇게 힘든 일을 앞으로 서른다섯 번이

나 더 해야 했다.

그걸 생각하니 마음이 또 짠해 왔다.

'좋아. 이제부터 얘가 하라는 건 군말 없이 다 해 준다, 내가.'

끓는 물, 타는 불 속까지는 아니더라도 어지간한 건 정말 시키는 대로 다 해 줄 결심을 했다.

'그런 차원으로다가 이제 운기조식이란 걸 해 볼까?'

아침저녁으로 하라고 했으니까. 그리고 지금은 저녁이니까.

아니, 솔직히 말하자면 설란이 안쓰러운 거야 안쓰러운 거고, 그것과는 별개로 운기조식에 대한 기대와 호기심이 컸다.

무림인이라면 누구나 한다는 운기조식이 아니던가.

무림인들에게야 일상적인 것이겠지만 루하에겐 그게 어떤 건지, 어떤 느낌인지 직접 확인해 볼 수 있다는 것만으로도 설란에 대한 걱정은 간단히 뒷전이 되어 버릴 만큼 충분히 설레고 흥분되는 일이었다.

'그러니까…… 이렇게 가부좌를 틀고 앉아서 코끝을 하단전과 일직선을 만든 후에 하단전까지 끌어내린다는 기분으로 숨을 길게 들이마시고…… 단전의 내공을 단전 아래 회음혈로 내보내서 그걸 뒤로 끌어올려 미려혈을 지나게

한 다음…….'

*　　*　　*

"아! 이건 정말 최고다!"

운기조식을 끝낸 루하의 얼굴은 그야말로 상쾌함 그 자체였다.

어제 저녁에도 이미 한 번 경험했던 거지만 아침 일찍 일어나서 청량한 새벽 공기 속에서 운기조식을 하고 나니 피로가 싹 가시는 것은 물론이고 뼛속까지 맑아지는 느낌이었다.

"무림인들은 이 좋은 걸 밥 먹듯이 해 왔다는 말이지?"

단지 무림인이라는 이유만으로.

이 얼마나 축복받은 존재들이란 말인가.

반면 먹고 사는 것이 바빠서 호흡법 한 번 익혀 본 적이 없는 자신은 참 불쌍한 인생이었다는 생각이 든다.

그러나 이젠 아니다.

어쩌면 평생 그렇게 희망 없는 삶 속에서 늙어 죽어 갔을지도 모르지만, 어느 날 찾아온 기연으로 인해 그는 단숨에 이십 년의 내공을 얻었고 운기조식의 즐거움도 알았다.

'이만하면 나도 이제 무림인이라고 할 수 있는 거 아니

겠어?'

무림인이 뭐 별거겠는가?

'운기조식을 할 줄 알면 다 무림인인 거지. 흐흐흐.'

운기조식을 해서 기분이 좋아진 건지, 아니면 운기조식을 했다는 사실 자체가 그저 기분이 좋은 건지는 모르겠지만 아무튼 덕분에 늘 무기력하고 무미건조하기만 했던 하루의 시작이 오늘만큼은 참으로 유쾌했다.

"그건 그렇고……."

루하의 눈길이 설란을 향했다.

'얘는 언제까지 이러고 있을 거지?'

어제 와식 운기에 든 그 상태 그대로였다.

그래도 조금 마음이 놓이는 것은 안색이 어제보다 훨씬 좋아졌다는 것이다.

창백했던 얼굴에는 혈색이 돌았고 푸석푸석하고 초췌했던 피부도 한결 밝아졌다.

날이 밝는 대로 의원이라도 찾아가서 약이라도 지어야 하나 했는데, 이젠 걱정을 놓아도 될 것 같았다.

'하긴 명색이 의선가의 장년데 지 몸은 지가 알아서 챙기겠지.'

그러고 있자니 슬슬 허기가 느껴졌다.

아무래도 평상시처럼 밥을 해 먹기에는 설란이 마음에

걸렸다.

괜히 방해가 되면 안 될 것 같아서 간단히 끼니를 때울 요량으로 인근 객잔으로 향했다. 그런데 객잔 안에 낯익은 얼굴이 보였다.

"양씨 아저씨."

객잔 안 한쪽 구석에서 왠지 처량 맞은 모습으로 식사를 하고 있는 사내는 동료 쟁자수 양윤이었다.

"아, 자네가 객잔엔 어쩐 일인가?"

"저야 뭐, 그냥 해 먹기 귀찮아서 대강 요기나 하려고 왔는데, 그러는 양씨 아저씨는요? 왜 여기서 아침부터 궁상이세요?"

"어제 유 서기랑 한잔했는데 그게 좀 길어져서 말이네."

"유 서기랑요? 그럼 또 인시가 넘어서 집에 들어가셨겠네요?"

"그렇지, 뭐."

"그래서 아주머니한테 또 쫓겨나신 거예요?"

"쫓겨난 건 아니고 그냥…… 아침 챙겨 달래기가 뭐해서……."

가끔 있는 일이었다.

양윤과 표국의 서기 유인석은 특히나 죽이 잘 맞아서 한 번 어울렸다 하면 날이 샐 때까지 대작을 하기 일쑤였다.

그리고 그럴 때마다 여우 같던 양윤의 처는 늑대가 되기도 하고 호랑이가 되기도 했다.

"아저씨도 참. 그러게 유 서기랑 너무 자주 어울리지 마시라니까요. 이게 뭐예요? 아침밥도 못 얻어먹고."

"못 얻어먹은 게 아니라 우리 마나님이 좀 피곤해 보이길래 어디까지나 배려 차원에서……."

"됐거든요? 내가 아저씨네 사정을 몰라요? 아주머니 방귀 소리에도 벌벌 떠시는 양반이 배려 차원은 무슨."

루하의 면박에 쓴웃음을 지어 보인 양윤이 슬쩍 말문을 돌렸다.

"한데 자네 말이네. 어떻게 된 것이 하루가 다르구만."

"예? 뭐가요?"

"지난번에 봤을 때도 좀 달라 보이긴 했는데…… 오늘은 지난번과도 또 달라 보여서 하는 말이네. 전에는 그냥 좀 말쑥한 미남자가 된 것 같았는데……."

"지금은 어떤데요?"

루하가 눈을 반짝이며 물었다.

호기심이 동했다.

지난 이틀 동안 겪은 변화가 양윤의 눈에는 어떻게 보이는 건지 사뭇 궁금했다.

"글쎄, 뭐라고 할지…… 분위기라고 해야 하나 기품이라고 해야 하나…… 암튼 뭔가 좀 사람이 있어 보인다고 할까? 혹시 무슨 좋은 일이라도 있었는가?"

양윤의 물음에 입이 근질거렸다.

자신에게 찾아온 행운에 대해 사방팔방 다 자랑질을 해대고 싶은 심정이었다.

이젠 그도 당당한 무림인이 되었노라 온 세상에 다 알리고 싶었다.

하지만 참았다.

자고로 무림에는 이런 격언이 있다.

서 푼을 감추면 세 번의 죽음을 피할 수 있고 칠 푼을 감추면 죽을 일이 없다.

그리고 이제 그는 어엿한 무림인이었다.

'무림인이라면 당연히 그 정도 격언은 숙지하고 있어야지.'

양윤을 못 믿는 것은 아니지만 한 치 앞도 예상할 수 없는 것이 세상사였다. 굳이 자신을 다 드러내 보여서 좋을 것이 없는 것이다.

"이놈의 팔자에 좋은 일이랄 게 뭐가 있겠어요. 표국의 일도 그렇고, 아닌 게 아니라 사는 게 힘들어서 좋은 일 좀 생겼음 좋겠네요."

그렇게 대강 얼버무리고는 양윤이 뭐라 더 따지기 전에

서둘러 말문을 돌렸다.

"말이 나왔으니 말인데, 유 서기랑 한잔하셨으면 표국 사정도 들었겠네요? 어때요? 아직도 해결될 기미가 보이지 않는 거예요?"

"아니, 국주님께서 사재도 털고 담보도 잡고 해서 배상비와 죽은 표사들에 대한 위로금은 얼추 마련이 된 모양이더군."

"그럼 표국이 문을 닫는 일은 없겠네요?"

"그야 모르지. 돈 문제야 그렇게 해결이 된 것 같네만, 수많은 표국들이 난립해 있는 상황에서 우리 같은 군소 표국이 살아남는 길은 결국 신용이고 신뢰인데 이번 일로 그걸 잃어버렸으니…… 지금만 해도 표행 의뢰가 완전히 뚝 끊긴 상황이고. 어제 유 서기한테 들어 보니 이미 수주해 놓았던 의뢰마저도 다 취소가 되어 버린 모양이더군. 이 바닥에 벌써 소문이 쫙 퍼진 거지."

"그럼 이대로 계속 의뢰가 안 들어오면 어떻게 되는데요? 이번에 국주님께서 빌린 돈도 못 갚게 되는 거 아니에요?"

"빌린 돈을 갚는 건 고사하고 이자부터 걱정을 해야 할 판이라네. 그러니 어떻게든 서둘러서 잃어버린 신용을 회복해야 하는데, 그게 어디 간단한 일이겠나? 원래 믿음이란 것이 잃기는 쉬워도 다시 찾기는 어려운 법 아닌가."

"그럼 표국 내 분위기도 여전히 안 좋겠네요?"

"자네 곽충 아우 소식 못 들었는가?"

"곽 형님이 왜요? 무슨 일 있었어요?"

그렇잖아도 하루가 멀다 하고 뻔질나게 찾아와 귀찮게 하던 사람이 분명 자신이 돌아온 걸 들었을 텐데도 아무 소식이 없어서 이상해하던 참이었다.

"어제 표국을 관두고 여길 떠났네."

"예? 갑자기 그게 무슨……?"

"임 표사가 또 패악질을 부린 거지."

"그럼 장씨 아저씨한테 한 것처럼 곽 형님한테도 매를 친 거예요?"

"장 씨야 나 죽었네 하고 납작 엎드려서 몇 대 맞고 끝났지만 곽 아우 성질이 어디 그런가? 바락바락 대들다가 거의 곤죽이 되도록 맞고서는 결국 떠나 버린 거지. 그래도 그 사람이야 뭐, 워낙에 경력도 풍부하고 여기저기 인맥도 넓어서 오라는 데가 많았으니까 걱정할 거야 없을 것이지만…… 아무튼 그러니 자네도 조심을 하게나. 특히 임 표사가 술에 취해 있을 때는 무조건 피하고 보는 게 상책이네. 괜히 눈에 띄었다가는 어떤 곤욕을 치르게 될지 모르니까 말이네."

일전에 했던 당부를 또 하는 양윤이다.

장 씨에 이어 곽충까지 그리되었다고 하니 새삼 긴장을 하게 된다.

"뭐, 어차피 당분간은 표행도 없을 거라면서요? 그럼 표국에 갈 일도 없고, 표국에 갈 일이 없으니 임 표사를 만날 일도 없죠, 뭐."

그런데…… 만났다.

표사 임오연과.

그것도 얼큰하게 취한 상태의.

표국에 갈 일도 없었는데.

객잔에서 간단히 요기를 한 후 집으로 돌아오는 길목에서였다.

그리 넓지 않은 길목의 맞은편에서 동료 표사인 장규(張奎)의 어깨에 기댄 채로 비틀비틀거리며 걸어오고 있었다.

'이거야 원, 원수는 외나무다리에서도 아니고…….'

일단 피하고 보는 게 상책이라 바로 돌아서 버릴까도 생각했지만 그러기에는 거리가 너무 가까웠다. 괜히 수상쩍게라도 보이면 자신을 무시하는 거냐며 시비 걸기 딱 좋은 빌미만 제공하는 꼴이 된다.

지금 그가 할 수 있는 최선은 그저 머리를 콕 박고 어색

하지 않게, 그렇지만 걸음은 최대한 빠르게 해서 임오연을 지나쳐 가는 것뿐이다.

그래서 후다닥 임오연을 지나쳐 가려는데, 바로 그때였다.

"어이! 거기 너! 잠깐 서 봐."

임오연이 루하를 불러 세웠다.

'젠장! 뭐 하나 순탄하게 넘어가는 게 없네.'

속마음이야 똥이라도 씹어 먹은 듯했지만 애써 태연한 척 그런 속마음을 감추고는 최대한 순박한 눈을 하고 물었다.

"저…… 말입니까?"

"그래, 너! 여기 너 말고 아무도 없잖아."

"근데 왜 절……?"

"너, 낯이 익은데 말이야. 혹시 우리 표국 사람이냐?"

"예?"

"만수표국에서 일하는 놈이냐고!"

하긴, 이제 표사 생활 시작한 지 한 달밖에 안 된 신입 표사였다. 루하와 같이 표행을 한 것도 이번이 처음이었다. 그러니 그의 얼굴을 못 알아본다고 해서 그리 이상히 여길 일은 아니었다.

"예. 만수표국에서 일하고 있긴 한데……."

“그치? 그럴 줄 알았다니까. 딱 보는데 낯이 익더라고. 근데 왜 인사를 안 해? 같은 표국의 표사를 봤으면 당연히 먼저 인사를 하는 게 예의 아냐? 너 대체 뭐하는 놈이야?”

표사에 대한 자부심이 하늘을 찌른다.

‘대체 언제부터 표사에게 먼저 인사를 하는 게 당연한 예의가 된 건지…….’

쟁자수들이 표사에게 나으리라고 불러 주고 있긴 하지만 엄밀히 따지면 표사가 쟁자수의 상급자는 아니었다.

‘더 엄밀히 따지면 표국 밥을 이 년이나 더 먹은 내가 엄연히 선배란 말이지.’

인사는 후배가 선배한테 하는 게 당연한 예의고.

‘근데 감히 하늘 같은 선배한테 반말이나 찍찍 해 대고 말이야. 이 예의도 모르는 천하에 불학무식한 후배 같으니라고.’

물론 그걸 따져서 장 씨와 곽충의 전철을 밟을 생각은 추호도 없다.

“왜 대답이 없어? 뭐하는 놈이냐니까! 시종이야? 허드렛일 보는 잡일꾼이야? 아니면 쟁자수야?”

순간 루하는 갈등했다.

쟁자수라고 밝히자니 역시 장 씨와 곽충의 전철을 밟게 될 것 같고 그렇다고 금방 밝혀질 거짓말을 하자니 뒷일이 감당이 안 된다. 더구나 옆에 있는 장규는 그가 쟁자수 일을 시작할 때부터 만수표국에서 얼굴을 익혀 왔던 표사였다.

결국 솔직히 말했다.

“쟁자순데요…….”

“뭐? 쟁자수?”

아니나 다를까, 대번에 눈을 사납게 치켜뜬다.

그러다 그제야 뭔가 생각이 났다는 듯 성큼 루하에게 다가와 얼굴을 들이민다.

“가만, 그러고 보니 너 이 새끼…… 그래, 기억나. 너 이 새끼, 그놈이지? 지 혼자 살겠다고 제일 먼저 내뺀 그놈 맞지?”

의심에 확신이 더해지자 그 눈빛에선 아예 광기마저 번득거린다.

“근데 왜 아직 여기 있어? 동료들 다 버리고 저 혼자 살겠다고 도망간 놈이 무슨 낯짝으로 아직 표국에 머물러 있는 거냐고!”

기세가 살벌했다.

당장이라도 주먹질을 할 것처럼 멱살까지 쥐고 흔들어 댄다.

그렇게 임오연에게 멱살이 잡힌 루하는 올 것이 오고야

말았다는 심정이었다.

그날 제일 먼저 도망간 게 자신이란 걸 알아 버린 이상 좋게 끝나지는 않을 것 같았다.

이미 눈빛부터가 정상이 아닌 것이 장 씨와 곽충에게 했던 것처럼, 아니, 그보다 더 혹독하게 매질을 해 댈지도 몰랐다.

그건 싫다.

험한 세상 살아오며 억울하게 매질을 당한 적이 없는 것은 아니지만, 적어도 이 세상 물정 모르는 얼뜨기 초짜 표사에게 그런 굴욕을 당하고 싶진 않았다.

'그냥 확 받아 버리고 튈까?'

평상시라면 곧바로 잡혀서 더 곤죽이 될 테지만 지금은 꽤나 거나하게 취해 있는 상태였다. 게다가 단전의 내공 덕분인지 운기조식 덕분인지 온몸에 힘이 넘쳤다. 제대로만 들이받으면 쉽게 잡히지 않을 자신이 있었다.

'어차피 표국도 망하네 마네 하는 판국이라니 미련 둘 것도 없고 말이지.'

여기서 들이받고 까짓 산서 땅을 떠나 버리면 제깟 게 어쩌겠는가.

하나 걸리는 것이 있다면 옆에 서 있는 장규였다.

임오연과는 달리 말짱해 보였다. 더구나 임오연 같은 작자와 같이 있는 것이 전혀 어울리지 않을 만큼 표국 내에서 인품이면 인품, 실력이면 실력 모든 면에서 명망이 높은 사내였다. 개인적으로 표사들 중에서 총표두 곡운성 다음으로 동경했던 대상이기도 했다.

그런 장규가 그래도 같은 표사랍시고 자신을 잡으려 든다면 그땐 정말 답이 없었다. 뒤따르게 될 임오연의 보복 응징이 어떨지는, 그것이 얼마나 흉흉하고 살벌할지는 굳이 겪어 보지 않아도 충분히 짐작할 수 있었다.

하지만 역시 무기력하게 당하기는 싫었다.

'아무렴 죽기야 하겠냐고.'

결심이 섰다.

한 번 결심한 일을 미적댈 만큼 우유부단한 성격이 아니었다. 결심이 선 순간 이미 가장 효율적으로 들이받을 방법을 찾고 있었다.

그런데, 그가 막 자신의 이마와 임오연의 인중을 일직선상에 놓고 거리를 가늠하고 있을 때였다.

"그만하게."

장규가 루하의 멱살을 쥐고 있는 임오연의 손을 잡아채서는 둘을 떼어놓았다.

"아니, 왜요? 이런 비겁한 새끼는 이참에 본때를 보여줘야 한다니까요. 그래야 다시는 전장에서 저 혼자 살겠다고 동료를 버리는 비겁한 놈들이 안 생겨날 거 아닙니까."

"아, 글쎄, 그만두래도. 어제 국주님이 당부하신 말씀을 벌써 잊었는가? 가뜩이나 표국 분위기가 뒤숭숭한데 또다시 쟁자수들과 문제를 일으키면 그땐 국주님도 더는 묵과하고 넘기시지 않을 것이네. 고작 쟁자수 하나 때문에 표국을 그만두기라도 할 셈인가?"

"하지만 저 새끼는……."

"알아. 자네 마음 왜 모르겠는가. 허나 어차피 쟁자수일 뿐이네. 쟁자수이기에 그런 것이고 쟁자수이기에 그리할 수가 있는 것이네. 쟁자수는 표사가 아니네. 저들에겐 표사와 같은 책임도, 의리도 없네. 오직 돈이 곧 정의이고 전부이지. 그런 저열한 자들에게 표사와 같은 책임을 묻고 의를 요구하는 것은 그야말로 고양이에게 호랑이와 같은 강함과 용맹함을 요구하는 것이나 같네. 무슨 말인지 알겠는가? 고작 저런 천박하고 하잘것없는 쟁자수들 때문에 자네가 표국을 그만두게 된다면 그보다 더 어리석고 미련한 일이 없다 이 말이네."

장규의 말은 적어도 임오연의 성난 마음을 가라앉히게 할 만큼은 충분히 설득력이 있었다.

"하긴, 그도 그렇습니다. 형님 말씀이 백 번 천 번 옳습니다. 암요! 이런 것들일랑은 아예 상종을 않는 게 현명한 일이죠. 더는 국주님 심기를 어지럽혀 드리고 싶지도 않고."

그래도 성이 다 안 풀리는지 임오연이 가래침을 뱉으며 위협조로 한 마디를 던졌다.

"캬아악! 퉤! 내가 장 형님을 봐서 오늘은 참는다만, 가능하면 내 눈에 띄지 않는 게 좋을 거야. 다시 한 번 내 눈앞에서 알짱거리면 그땐 나도 내가 어떻게 할지 모르겠으니까. 알아들어?"

마치 더러운 오물을 보듯 하며 루하를 노려보고는 이내 걸음을 돌렸다.

루하는 멀어져 가는 두 표사와 그들이 바닥에 남기고 간 걸쭉한 가래침을 번갈아보며 얼굴을 팍 구겼다.

아무 사고 없이 무사히 넘어간 것이 전혀 기쁘지 않았다.

'뭐? 천박? 저열? 하잘것없어?'

임오연도 임오연이지만 장규의 말이 더 기분 나빴다.

그 말을 차라리 임오연이 했더라면 이토록 기분이 더럽지는 않았을 것이다. 아니, 오히려 이 위기를 무사히 모면한 것에 안도하고 기뻐했을 것이다.

하지만 장규에게서 듣는 그 모멸의 말은 가시가 되고 바늘이 되어 아프게 가슴을 찔러 댔다.

다른 표사들과는 달리 단 한 번도 쟁자수에게 잔심부름

을 시킨 적이 없던 장규였다. 막말 한 번, 욕설 한 마디 뱉는 걸 본 적이 없었다.

루하는 그것이 존중인 줄 알았다.

그래서 동경했다.

그 큰 그릇에 감동도 했다.

그런데 지금 보니 그것은 존중이 아니라 그저 다른 형태의 무시였고 멸시였을 뿐이다.

정말이지 기분이 더럽다.

배신감과 모멸감에 속에서 부글부글 부아가 치밀었다.

성질 같아서는 당장에라도 달려가서 장규고 임오연이고 할 것 없이 죄다 곤죽이 되도록 패 버리고 싶었다.

"할 수만 있다면 말이지."

당연히 그럴 실력도 용기도 없다.

"아니지? 못 할 건 또 뭐 있어? 내공으로만 따지면 내가 더 고수 아냐?"

이십 년의 내공.

비록 당장은 못 써먹는다지만 금침대법을 서른다섯 번만 더 받으면 고스란히 그의 것이 된다고 했다.

"이십 년 내공만 내 걸로 만들면 저따위 표사나부랭이들이야 한 주먹감이지!"

더구나 그에게는 천지무극조화지기라는 아직 정체가 밝

혀지지 않은 비밀병기까지 있었다.

"역시 안 되겠어. 칠 일은 너무 길어. 여덟 달이나 어떻게 기다려? 오 일, 아니, 삼 일에 한 번으로 줄여 달래야겠어."

불과 한 시진 전만 해도 설란의 초췌한 모습에 미안해하기도 하고 가여워하기도 했었는데, 어느새 그건 까맣게 잊어먹었는지 혼자 애가 닳아서는 의욕을 불태운다. 하지만 그래 봤자 떡 줄 사람은 생각도 않는데 김칫국부터 마시는 것뿐이다.

"안 돼."

루하의 제안을 설란이 단호히 거절했다.

설란이 눈을 뜬 것은 이튿날 저녁이었다. 꼬박 만 이틀 만에 와식 운기가 끝난 것이다. 그렇게 이틀간 고생하고 겨우 눈을 떴는데, 숨 돌릴 틈도 없이 대뜸 금침대법 주기를 칠 일에서 삼 일로 줄이자고 떼를 써 대는 루하다.

"왜 안 돼? 이젠 말짱해 보이는데 왜 안 된다는 거야? 그냥 후딱 끝내 버리는 편이 너한테도 좋은 거 아냐?"

"말짱한 거 아니거든? 기력이 아직 절반도 회복되지 않았거든?"

"삼 일이 안 되면 그럼 오 일은? 오 일에 한 번은 괜찮지 않아?"

"어거지 좀 그만 부리시지? 오 일이면 기력을 다 회복하기에도 빠듯한 시간인데 그런 강행군을 서른다섯 번이나 연속으로 할 수 있을 것 같아? 그전에 골병이 들어서 앓아눕게 될걸? 아니, 대체 갑자기 왜 그렇게 조급하게 구는 건데? 그새 무슨 일이라도 있었던 거야?"

"내가 어제 확실히 알았거든. 표사란 것들이 얼마나 재수 없고 밥맛없는 것들인지."

"그래서?"

"별로 잘나지도 않은 것들이 지들이 무슨 대협객이라도 되는 것처럼 고고한 척 꼴값을 떨어 대는데…… 이참에 아주 콧대를 확 꺾어 버릴려고."

"그러니까 뭐야, 표사랑 싸우겠다는 거야? 그 알량한 내공 하나 믿고?"

"알량한이라니? 이십 년 내공이라며? 그럼 이십 년 내공으로도 표사 하나 당해내지 못한다는 거야?"

"당연하지. 그래도 명색이 표사라면 아무리 하급이라도 십 년씩 이십 년씩 무술을 수련해 온 무인들인데, 그런 무인들을 네깟 게 무슨 수로 이겨? 아예 상대를 건드리지도 못할 텐데. 그렇다고 십 보 이십 보 밖에서도 장풍으로 한방에 날려 버릴 수 있을 정도로 내공이 어마어마한 것도 아니고.”

“그럼 난 평생 표사들한텐 이길 수 없다는 거야?”

“그야 나도 모르지. 지기가 어떤 식으로 작용을 할지 알 수 없는 거니까. 뭐, 그게 아니더라도 어쨌든 내공의 이점은 분명히 가지고 있으니까 삼류무공이라도 꾸준히 수련을 하면 오 년, 십 년 후에는 하급 표사 정도는 상대할 수 있지 않을까?”

오 년? 십 년?

너무 멀다.

당장에라도 임오연과 장규에게 본때를 보여 주고 싶은 심정인데 그때까지 어떻게 기다린단 말인가.

“그거 말고는 다른 방법은 없어? 속성으로 확 강해질 수 있는 비법이라든지…….”

“그런 게 있을 리가 없잖아? 괜한 생각 말고 지금은 지기에만 신경 써. 어쩌면 그게 네가 강해질 수 있는 최고의 속성 비법일 테니까.”

결국 설란이 제시한 방법이라고는 금침대법 꾸준히 받고 운기조식이나 열심히 하라는 것뿐이다.

덕분에 급하게 달아올랐던 의욕이 확 꺼졌다.

기대가 크긴 컸나 보다.

침상에 힘없이 털썩 걸터앉으며 내쉬는 한숨에선 어쩔 수 없는 실망감이 가득 묻어나왔다. 원래 역량 밖의 것이라면 구질구질하게 미련 두는 성격이 아닌데도 못내 아쉽고 분했다.

그렇게 침울해져 있는 루하가 마음이 쓰였나 보다.

"일단 당분간은 금침대법이랑 운기조식에만 집중해. 어느 정도 내공이 안정이 되면 쓸 만한 검법으로 하나 골라서 기초부터 제대로 가르쳐 줄 테니까."

설란의 툭 던지는 말에 순간 침울해 있던 루하의 얼굴이 대번에 환해졌다.

"뭐? 정말?"

"그래."

"음, 근데……."

"근데 널 가르칠 깜냥은 되냐고?"

"아니 뭐, 딱히 그런 건 아니지만……."

"명색이 무림에서 칠백 년을 버텨 온 의선가야. 칠백 년 동안 축적된 건 의술만이 아니라고. 더구나 의술과 무리는 통하는 부분이 상당히 많고. 물론 명문검가에 비할 바는 아니지만 그렇고 그런 검도관들과는 질적으로 다르단 말이야. 근데 뭐야? 그 못 미더워하는 표정은?"

"아냐, 믿지. 믿어. 금침대법만 해도 완전 감탄하고 있는데 내가 의선가를 왜 못 믿겠어?"

혹시라도 설란이 마음을 바꾸기라도 할까봐 급히 손사래를 쳤다.

솔직히 말하자면 의선가와는 별개로 설란에 대해서는 약간이나마 못 미더워하는 면이 없잖아 있었다. 그녀가 여자라는 것도 그랬고 아직 어리다는 것도 그랬다.

저 여리여리하고 어린 여자애가 검법을 알아 봐야 얼마나 알 것이며 가르쳐 봐야 얼마나 제대로 가르칠 수 있을지 미심쩍다. 하지만 그녀의 말마따나 칠백 년 역사의 의선가였다.

'무공이 전문 분야는 아니라고 해도 아무렴 그저 그런 검도관에서 배우는 것보다야 백 번 천 번 낫겠지.'

第五章

너, 그 검…… 좀 변하지 않았어?

그날부터 루하는 그녀가 시키는 것은 뭐든 다 했다.

금침대법도 군말 없이 받았고 운기조식도 꾸준히 했다. 검법을 배우기 전에 먼저 기초 근력부터 키워야 한다고 해서 하루 두 시진씩 꼬박꼬박 마보도 했다. 그뿐만이 아니었다. 조금이라도 더 빨리, 그리고 조금이라도 더 좋은 검법을 배우기 위해 간이며 쓸개며 다 내놓고 지극정성으로 설란을 받들어 모셨다.

그렇게 스무날이 지났을 무렵이었다.

'확실히 빨라. 금침대법을 이제 겨우 세 번 했는데 내공이 꽤 탄탄하게 뿌리를 박았어. 이 정도면 굳이 서른여섯 번을 다 채울 필요도 없겠어. 게다가 마보를 두 시진씩 해도 전혀 힘든 기색도 없고. 이것도 역시 지기 덕분인가? 아니면 그냥 환골탈태의 영향이려나? 암튼 이 정도면 당장 내일부터라도 검법 수련을 시작할 수 있겠어.'

이제나 저제나 그 말이 나오기만을 손꼽아 기다렸던 루하는 그 길로 곧장 근처 철기점으로 향했다.

"뭐? 검을 보여 달라고?"

철기점 주인 왕평이 의아해하며 물었다.

"자네가 무슨 검이 필요해서?"

"그냥 이참에 좀 배워 보려고요."

"호오. 어디 검도관에라도 들었나?"

"그건 아니구요. 아무튼 쓸 만한 걸로다가 몇 자루 보여 주세요."

"흠…… 근데 쓸 만한 검은 가격이 꽤 나갈 텐데?"

"얼마나 하는데요?"

"뭐, 비싼 거야 이백 냥이 넘어가는 것도 있지만 그거야 어차피 자네에겐 무리일 테고, 그래도 오래 두고 쓸려면 열 냥 이상은 줘야 돼."

"열 냥이요?"

루하가 눈을 동그랗게 떴다.

"그렇게나 비싸요?"

"그냥 수련용으로만 쓸 거면 동전 오백 문짜리도 있네만 그건 짚이나 베는 정도지 실전에선 금방 날이 나가 버려서 못 써."

"그래도 열 냥은…… 지금 가진 거로는 턱도 없는데……."

"얼마나 있는데?"

지금 그가 가진 전 재산은 은자 넉 냥과 동전 이백 문이었다.

그마저 다 쓸 수 있는 돈이 아니었다.

다음 표행이 언제 잡힐지 알 수 없는 상황에서 만일에 대비해 여분의 돈을 남겨 둬야 했다.

"그냥 두 냥 정도 선에서 살 만한 건 없어요?"

"두 냥? 두 냥은 좀…… 말했다시피 수련용이야 동전 오백 문짜리도 있네만……."

"그건 날이 약해서 실전에선 써먹지도 못한다면서요?"

연습용으로 쓸 검을 오백 문이나 주고 산다는 건 너무 낭비였다.

"그냥 가격 싸고 실전에서도 웬만큼 사용할 수 있는 거 없어요?"

"실전에서 쓸 수 있는 건 아무리 싼 것도 여섯 냥은 줘야 해. 두 냥으로는 어림도 없네. 재료값만 해도 두 냥은 나올 텐데……."

"에이, 우리가 하루 이틀 얼굴 보는 처지도 아닌데 왜 이러세요? 굳이 새 거가 아니라도 상관없으니까 선심 좀 쓰세요. 전에 귀도방(鬼刀幇) 놈들이 여기서 소란을 부릴 때 제가 우리 표사들 데려와서 말려 드린 적도 있잖아요."

루하가 그렇게까지 말을 하자 왕평의 얼굴에도 살짝 갈등의 빛이 어렸다.

그도 그럴 것이 루하의 말마따나 당시 귀도방 놈들 몇이 어디서 부러진 칼을 주워 와서는 물어 달라며 생떼를 쓰고 난동을 부리는 통에 여간 곤란한 게 아니었다. 마침 루하가 표사들을 데려와 말리지 않았더라면 억울하게 돈을 뜯기는 것은 물론이고 자칫했으면 심한 매질까지 당할 뻔했었다.

루하 덕분에 정말이지 큰 곤욕을 면했다. 그때의 고마움이 아직도 생생해서 여느 손님 대하듯 냉정히 대할 수가 없었다.

그렇다고 장사하는 입장에서 최소 여섯 냥은 하는 물건을 고작 두 냥에 팔 수는 없는 노릇.

잠시 고민에 잠겼던 왕평이 문득 뭔가 생각났다는 듯 잠시만 기다려 보라며 내실로 들어갔다. 그리고 잠시 후 다시 나타난 왕평의 손에는 검 한 자루가 들려 있었다.

그걸 본 루하는 살짝 눈살을 찌푸렸다.

당장 보이는 건 검집뿐이지만 얼핏 보기에도 너무 낡아 보였다.

"오래전에 누가 맡기고 간 건데, 이미 기간도 한참 지났고 해서 녹여서 재료로나 쓸까 하던 참이었거든."

왕평에게서 검을 건네받은 루하는 한 번 뽑아 보았다.

그르르릉—

낡은 검집 만큼이나 거친 마찰음이 들리고 검이 검집과 분리되었다.

원래 세상사라는 것이 보이는 것이 전부가 아닐 때도 있지만 이건 참 겉과 속이 너무 똑같다. 덕지덕지 묻은 녹이며 틈틈이 알차게도 껴 있는 먼지하며…… 루하의 찌푸린 눈살 주름이 더 선명해졌다.

"맡긴 물건이라 함부로 손질을 할 수가 없어서 그 모양이 되었네만 그래도 꽤 잘 만들어진 검이네. 녹 제거하고 날을 좀 벼리면 실전용으로도 꽤 쓸 만할 게야."

"그래도 이건 좀……."

"내 장담하는데 다른 데 어딜 가도 이만한 물건 두 냥에는 절대로 못 구할 것이네. 아니, 당장 다른 철기점에 내다 팔아도 두 냥은 너끈히 받을걸? 이걸 녹여서 단도만 만들어도 족히 은자 다섯 냥은 받을 수 있을 터이니…… 보기엔 이래 보여도 그만큼 재질이 좋단 말이네."

왕평의 말이 단지 장삿속으로만 보이지는 않았다.

그래서 탐탁지 않은 마음이 조금은 누그러졌다.

"음…… 그럼 녹 제거랑 날 벼리는 거랑은 공짜로 해 주시는 거예요?"

"이미 꽤 손해를 보고 파는 거라 공짜는 안 되고…… 은자 두 냥에 추가로 오십 문만 더 받겠네."

"알겠어요. 살게요. 손질은 지금 바로 해 주실 거죠?"

"여부가 있겠는가. 내 다시 한 번 말하지만 자네한테 신세진 일도 있고 해서 이 가격에 파는 거란 것만 알아주시게. 아니었으면 정말 은자 두 냥에는 어림도 없었을 것이네."

그렇게 생색을 내고는 다시 내실로 사라졌다.

뭔가 안에서 퉁탕퉁탕거리는 소리가 들리고, 대략 반 식경쯤 지났을 때 왕평이 다시 검을 들고 나타났다.

그런데 그에게 내미는 검이 아까와는 많이 달라 보였다.

"이게 아까 그 검 맞아요?"

"당연하지. 아무렴 내가 자네에게 사기라도 치겠는가?"

사기라도 이런 사기라면 대환영이다.

낡은 느낌은 여전했지만 단지 먼지를 제거하고 기름칠을 좀 한 것뿐인데도 꽤 그럴듯하게 변해 있었다.

스르르릉—

검을 뽑을 때의 마찰음도 조금 전의 탁하고 거친 소음이 아니라 맑고 깨끗한 금속음을 냈다. 더욱 압권인 것은 그렇게 검집에서 빠져나온 유려하고 아름다운 검신이었다.

녹이 제거되고 날이 잘 벼려진 검날은 진검 특유의 서늘함과 섬뜩함이 그대로 묻어나고 있었다.

왕평이 잘 만들어진 검이라 한 이유를 그제야 알 것 같았다.

"어때? 꽤 쓸 만해 보이지? 나도 막상 때를 벗겨 내고 보니까 고작 두 냥에 팔기로 한 게 너무 아깝더라니까. 아무리 남이 쓰던 거라지만 임자만 잘 만나면 열 냥 정도는 거뜬할 것 같은데 말이야. 그냥 이번 거래는 없던 걸로 할까?"

"됐거든요? 장사하는 사람한테 제일 중요한 게 신용인데 그렇게 말 막 바꾸고 하면 안 되죠."

왕평이 짓궂게 떠보는 말에 루하가 급히 검을 등 뒤로 갈무리하며 경계했다.

"농담일세. 농담이야. 뭘 그리 정색을 하고 그러나."

"그런 농담은 재미 하나도 없거든요?"

그러고는 혹시라도 왕평이 말을 바꿀까 저어해서 대강 인사를 하는 둥 마는 둥 하며 급히 철기점을 빠져나왔다.

'그러니까 이제 이게 내 검이란 말이지?'

생애 처음으로 가져 보는 검이다.

보는 것만으로도 그저 흐뭇했다.

굳이 무림인이 아니더라도 사내에게 검이란 한 번쯤은 가져 보고 싶은 꿈이자 낭만이니까.

아니, 오히려 그래서 보는 것만으로는 충분하지 않았다.

벌써부터 손이 근질근질했다.

휘둘러 보고 싶었다.

뭐라도 베어 보고 싶었다.

설란이 어떤 검법을 가르쳐 줄지는 모르지만 내일이면 이 검으로 검법을 수련할 거라는 생각에 벌써부터 애가 달았다.

그런데…….

이 못생긴 목검은 뭘까?

루하는 자신의 손에 들린 목검을 멀뚱히 내려다보며 설란에게 물었다.

"이걸 왜……?"

"오늘부터 검법을 배울 거라 했잖아?"

"그건 그런데, 이 목검은 뭐하려고?"

"그럼 검법을 맨손으로 배울 거야?"

"나 검 있는데?"

루하가 어제 산 철검을 들어 보였다.

설란이 어리둥절해하며 물었다.

"그건 웬 거야?"

"그야 검법 배우려고 샀지."

"그걸로 검법을 배우겠다고? 너 바보니?"

어이없어하는 설란이다.

"왜? 뭐 어때서?"

"어때서라니? 얘가, 얘가…… 검을 쥐는 법도 모르는 주제에 겁도 없이 목검을 들기도 전에 진검부터 들려고 하네."

"진검으로 배우면 안 되는 거냐?"

"당연히 안 되지. 그러다 손가락이라도 잘리고 싶어?"

"그래도 조심해서 하면……."

"검에는 눈이 안 달렸다는 말 몰라? 니가 아무리 조심해도 작은 실수에 네 목이 베일 수도 있는 게 진검이야. 더구나 온 마음을 검법에만 쏟아도 모자랄 판에 검이 무서워 조심조심해서 어느 세월에 형(形)을 익히고 오의(奧義)를 터득해?"

"그래도…… 한두 푼 주고 산 것도 아니고 전 재산의 절반이나 주고 산 건데……."

이쯤 되고 보니 울상마저 짓는 루하다.

하지만 설란은 단호했다.

"안 돼. 무조건 안 돼. 형이라도 완전히 익힐 때까지는 진검은 아예 만질 생각도 하지 마."

"그럼 언제쯤 돼야 형을 완전히 익힐 수 있는데?"

"그야 네가 노력하기에 달렸지. 그래도 삼재검이 어렵거나 복잡한 건 아니니까 아무리 둔재라도 그리 오래 걸리지는 않을 거야."

순간 루하가 실망스러운 표정을 하고는 설란에게 물었다.

"가르쳐 준다는 게 고작 삼재검이야?"

"고작이라니?"

"고작이지 그럼! 삼재검이면 개나 소나 다 배우는 삼류 검법이잖아? 그래도 명색이 의선가의 장녀가 가르쳐 준다기에 잔뜩 기대를 했었는데 겨우 삼재검이 뭐야?"

"대체 누가 삼재검을 삼류 검법이래?"

"누가 그러긴, 죄다 다 그러지."

"죄다 다 그러긴 무슨, 숲은 보지 못하고 나무밖에 볼 줄 모르는 삼류들한테나 삼재검이 삼류로 보이겠지. 삼재검은 겉보기에는 형이 간단하고 단순해 보여도 거기에 담긴 무리는 절대로 가벼운 것이 아냐. 공격과 방어, 가벼움과 무거움, 정중동과 동중정의 이치가 총망라되어 있는, 기초 무공으로는 더할 나위 없이 적합하고 완벽한 무공이란 말이야. 무당파와 화산파, 종남파 등 검의 대종(大宗)이라 불리는 문파들이 괜히 삼재검을 필수 입문 무공으로 택해서 쓰고 있는 게 아니라고."

아는 게 쥐뿔도 없으니 뭐 하나 반박할 말이 없다.

설란의 말을 듣고 있자면 항상 고개만 끄덕끄덕 하게 된다.

하지만 그렇다고 마음까지 기꺼운 건 아니었다.

그도 그럴 것이 설란은 삼재검을 최고의 기초 무공이라 했지만, 그 말이 머리에 박혀 있는 삼류라는 인식을 바꿔 놓지는 못했다.

'아무리 최고의 기초 무공이면 뭘 해? 남들이 다 삼류라고 생각하는데. 이래서야 어디 가서 떳떳하게 자랑질이라도 할 수 있겠냐고.'

거기다 거금을 투자해서 산 생애 첫 진검도 쓸 수 없다 하지 않는가.

밤새 기대로 잠까지 설쳤건만 맥이 탁 빠졌다.

그러거나 말거나 무심하기만 한 설란은 검법 수련에 앞서 검에 대한 설명부터 시작했다.

"무기에서 가장 중하게 여기는 것은 강도와 무게와 길이야. 보다 더 단단한 것, 보다 더 무거운 것, 보다 더 긴 것이 대련에서는 유리할 수밖에 없으니까. 하지만 검은 곤보다 약하고 도보다 가볍고 창보다 짧아. 그런데도 검을 만병지왕이라 일컫는 것은 경지에 오르면 능히 곤보다 깊고 도보다 빠르고 창보다 변화무쌍할 수 있기 때문이야. 물론 검으로 경지에 오르는 건 다른 병기보다 몇 배는 어려워. 경지에 오르기 전에는 다른 병기에 비해 그다지 효율적이지도 않고. 그래서 검의 길을 어렵고 고단하고 지루하다고들 하는데…….”

* * *

검도란 어렵고 고단하고 지루한 길이다. 그건 기초 무공인 삼재검이라 해서 크게 다르지 않았다. 비록 서른두 개 초식밖에 안 되는 간단한 검법이긴 하지만 보법이 한 치만 어긋나도 다음 초식으로의 연계가 이루어지지 않고 힘의 배분이 한 푼만 틀려도 검 끝에 힘이 제대로 실리지 않으며 검로가 티끌만큼만 벗어나도 손발이 꼬여 버린다.

그래서 첫 번째 초식인 소진배검(蘇秦背劍)부터 마지막 초식인 비홍횡강(飛虹橫江)까지 오의는 고사하고 형을 완벽히 익히는 데만 족히 반년은 걸릴 거라 생각했다.

그런데 삼재검을 가르친 지 고작 닷새 만이었다.

루하의 손에서 삼재검의 서른두 개 초식이 완벽하게 구현되고 있었다.

연환은 더할 수 없이 매끄럽고 보법은 완벽했으며 검로 또한 흠잡을 데 없이 정확했다.

'도대체 어떻게 된 인간이야?'

루하에게 놀라는 것이 이로써 벌써 세 번째였다.

첫 번째는 금침대법 후에 생겨난 이십 년의 내공이었다.

루하에게는 대수롭지 않게 말했지만 그때의 충격이란 놀람을 넘어 경악할 지경이었다.

사실 무림인들이 금침대법을 받고자 의선가를 찾는 것은 잠력을 끌어내기 위함이 아니라 운기행공과 축기의 효과를 극대화하기 위함이었다. 사람마다, 그리고 연령대마다 다르긴 하지만 대개의 경우 금침대법으로 얻게 되는 내공은 기껏해야 삼 년 정도의 수준밖에는 되지 않기 때문이다.

그런데 루하는 그런 상리를 벗어나 단번에 이십 년의 내공이 모아졌다. 그녀가 아니라 그녀의 조부 성수의선 예운형이라 하더라도 그처럼 괴이한 일은 단언컨대 한 번도 경험하지 못했을 것이다.

그리고 두 번째로 놀랐던 것은 검법을 가르치기에 앞서 기초 근력을 키워 두기 위해 마보를 시켰을 때였다.

보통의 사람이라면 반 각도 서 있기가 힘든 것이 마보였다. 무림인들에게 무공을 수련하면서 가장 힘들었던 것이 무엇이었냐고 물으면 백이면 백 마보참장이라고 할 만큼 지독하게 고통스러운 수련법이었다. 그만큼 지극한 인내가 필요한 것이었는데 그걸 무려 두 시진이나 취하고 있었는데도 땀 한 방울 흘리지 않던 루하였다. 힘든 기색 하나 없이 여유만만이었다. 살과 가죽으로 만들어진 사람이라면 절대로 그럴 수가 없는 것인데도 말이다.

하지만 지금 눈앞에서 펼쳐지고 있는 삼재검에 비하면 앞서 두 번의 놀람은 아무것도 아니었다.

'이건 그야말로 경세지재(經世之才)가 따로 없잖아?'

무(武)에 대한 그 비정상적인 습득력은 놀랍다 못해 가공스럽기까지 했다.

'결국 이것도 지기의 영향인 걸까?'

아니면 원래부터 타고나기를 천재였던 것일까?

하긴 그 가공스러운 재능이 선천적인 것이든 후천적인 것이든 그게 무슨 상관이겠는가.

선천적으로 타고난 것이든 후천적으로 생겨난 것이든 간에 루하가 경세지재의 재능을 가졌다는 사실에는 변함이 없는 것을.

'이러다 내 손으로 어마어마한 검객을 탄생시키는 건 아

닐까?'

설란이 눈앞에 펼쳐지는 삼재검을 보며 루하의 재능에 감탄도 하고 조금은 두려운 마음을 갖기도 하고 또 어떤 설렘에 흥분을 하기도 했지만, 그런 설란과는 달리 정작 루하는 거기에 크게 집중하지 않고 있었다.

영 시큰둥했다.

의욕이 없었다.

'대체 언제까지 이깟 목검으로 이 짓을 해야 하는 거야?'

목검으로는 전혀 흥이 나지 않았다.

게다가 최고의 기초 무공이라느니 떠들어 댄 것치고는 너무 쉬웠다.

그러다보니 이 모든 것이 그냥 애들 장난 같기만 했다.

진검을 들고 싶었다.

삼재검을 익히면 익힐수록, 한 초식 한 초식 몸에 익어가면 갈수록 갈증만 커졌다. 그리해 눈 감고도 서른두 개 초식을 완벽하게 펼칠 수 있게 된 지금은 이 무의미한 반복들이 지겹다 못해 슬슬 짜증마저 치밀 지경이었다.

결국 참다못한 루하는 도중에 삼재검을 멈추고 설란에게 물었다.

“대체 진검은 언제 들 수 있는 거야? 형만 익히면 진검을 들게 해 주겠댔잖아? 이 정도면 형은 익힌 거 아냐?”

투정이었다.

별로 기대도 안 했다.

진검을 들고 싶은 마음이나 그 갈증과는 별개로 삼재검을 배운 지 이제 고작 닷새였다. 손가락이 잘린다느니 목이 베인다느니 하며 그렇게나 으름장을 놓아 댔는데 고작 닷새 만에 허락해 줄 리는 없다고 생각했다.

허락은커녕 사내자식이 진득하지 못하다며 핀잔이나 듣게 될 줄 알았다.

그런데 이어서 나온 설란의 대답은 거절도 핀잔도 아니었다.

“좋아. 이제부터 진검을 써 봐.”

너무 의외의 대답이라 루하가 어리둥절해하며 반문했다.

“뭐? 정말?”

“그래. 진검으로 바꿔서 해 봐.”

대번에 얼굴이 환해지는 루하다. 그런 한편으로 설란의 저의를 의심했다.

‘대체 이 계집애가 무슨 꿍꿍이속으로 이러는 거지?’

적어도 지금껏 보아온 설란은 자신이 떼를 쓴다고 쉽게 마음을 바꿀 여자가 아니었던 것이다.

'하긴, 꿍꿍이속이 뭐든 그게 무슨 상관이야?'

진검을 들 수 있게 되었다는 것만으로도 다른 건 다 무시해 버릴 수 있을 만큼 신이 난 루하다.

물론 설란에게 다른 꿍꿍이속은 없었다.

목검으로도 저토록 완벽히 삼재검을 구현할 정도라면 진검으로 했을 때의 삼재검은 과연 어떤 느낌일지, 루하의 재능이 또 어떤 놀라움을 가져다줄지 그저 보고 싶고 궁금했을 뿐이다.

그 사이 루하는 혹시라도 설란이 마음을 바꾸기라도 할까 봐 냉큼 진검을 들고 나왔다.

스르르릉—

듣기 좋은 청명한 마찰음을 내며 검신이 모습을 드러냈다.

'그래. 바로 이거거든!'

손끝에서 전해져 오는 진검의 묵직함.

등줄기를 타고 오르는 섬뜩함인지 짜릿함인지 모를 서늘한 긴장감.

그리고 가슴속을 휘도는 어떤 뜨거움.

갈증이 컸던 만큼 해갈의 쾌감은 한층 거세게 온몸을 휘감았다.

그때 설란이 한 마디 덧붙였다.

"이번엔 형만 따라가지 말고 한번 내공을 같이 써 봐."

루하가 의아해하며 물었다.

"내공? 그걸 어떻게 같이 쓰는데?"

"각 초식마다 내공이 움직이는 길을 정해 둔 구결이 따로 있긴 하지만 그건 그저 조금 더 효율적으로 내공을 운용한다는 것뿐이지 그게 정답은 아냐. 삼재검이 주화입마를 걱정해야 할 만큼 아주 큰 깨달음이 필요한 검법도 아니고. 그냥 내공을 끌어다 검에 옮겨 싣는다는 정도의 느낌이면 충분할 거야. 그럼 아마도 네 몸이 내공이 움직이기에 가장 적합한 길을 스스로 찾아 낼 거야."

왠지 뭔가 주먹구구식이다.

어딘지 무책임하게도 느껴진다.

하지만 의심하지 않았다.

지금껏 그녀가 틀린 말을 한 적은 한 번도 없었으니까.

'내공을 끌어다 검에 싣는다는 느낌이란 말이지?'

자세를 잡았다.

먼저 왼손으로 검을 거꾸로 쥐며 소진배검의 자세를 취했다.

그리고 단전의 내공을 조심스럽게 끌어올리며 선인지로(仙人指路)의 초식으로 이어 갔고 다음의 일격을 위해 활시위를 당기듯 검을 뒤로 당긴 자세의 금침암도(金針暗渡)에 이르러 끌어올린 내공을 검을 쥔 손에 모았다.

이윽고,

"나탁탐해!"

힘껏 기합성을 내지르며 상대의 하체를 공격하듯 전방 하단을 향해 검을 힘껏 내질렀다.

팡—!

"아!"

순간 공기가 터지는 듯한 소음이 났다. 그리고 동시에 들린 것은 설란의 감탄성이었다.

발경(發勁)이었다.

'발경이라니?'

검을 배우는 자가 최소 십 년 이상을 꾸준히 수련해도 깨우칠까 말까 한 것이 발경이고 검경인 것인데 삼재검을 배운 지 고작 닷새였다. 그것도 내공을 같이 써 보라는 말 한 마디에 대번 발경을 해 버린 것이다.

'대체 이게 무슨…….'

너무 놀라서 벌린 입이 다물어지지 않았다.

이 말도 안 되는 상황이 이젠 도무지 현실 같지가 않았다.

그 정도로 지금 설란이 받은 충격은 컸다. 놀라서 뒤로 안 나자빠진 게 다행일 지경이었다.

하지만 그런 설란의 충격과는 달리 단번에 발경을 해낸 루하의 표정은 그다지 밝지 못했다. 자신이 해낸 것이 발경이란 것조차 모르고 있기도 했지만 그보다 뭔가 찝찝했다.

뒷간에서 큰일을 보고 뒤처리를 제대로 안 한 느낌이라고나 할까?

'분명 하라는 대로 했는데…….'

내공을 끌어올려 검에 싣는다는 느낌으로 하라고 해서 그 느낌 그대로 내공을 검에 실었다. 그런데 이상하게 개운치가 않았다.

단지 그게 다가 아닌 것만 같았다.

뭔가가 더 있을 것만 같았다.

마치 재채기를 했는데도 코와 목구멍이 근질근질거리는 듯한 느낌.

그게 뭔지 그 정체를 알기 위해서 루하가 할 수 있는 것은 그저 반복뿐이었다.

루하는 곧바로 다음 초식으로 넘어갔다.

다시 내공을 끌어올렸고 손끝에 모은 내공을 일격과 함께 내질렀다.

"한망충소(寒芒沖霄)!"

팡—!

다시 발경이 터졌지만 근질거림은 더 심해졌을 뿐이다.

루하의 검이 빨라졌다. 내공의 흐름도 그에 맞춰 빨라졌다.

"이산도해(移山倒海)!"

파앙—!

발경이 터지는 소리가 조금 더 강해졌다.

그럴수록 삼재검은 보다 빨라졌고 검은 현란해졌으며 내공의 흐름은 급해졌다.

그런데도 루하는 더욱 박차를 가했다.

'좀 더…….'

파앙—!

'조금만 더…….'

파앙—!

'조금만 더 하면…….'

파아앙—!

그리해 마침내 마지막 초식인 비홍횡강을 앞에 뒀을 때, 삼재검은 더 이상 삼재검이라 할 수도 없을 정도가 되었고 검은 육안으로 보이지도 않게 되었으며 내공은 미친 듯이 폭주하며 몸속을 질주하기 시작했다.

이윽고,

"비홍횡강!"

비홍횡강의 식에 따라 오른발을 크게 앞으로 내디디며

검을 내리쳤을 때였다.

거칠게 질주하던 내공이 뭔가와 섞이는 듯하더니 이내 어떤 찌르르한 전율과 함께 그간의 찝찝함과 근질거림을 한 번에 쓸어내며 손을 타고 검으로, 검을 타고 검 밖으로 한 줄기 빛이 되어 뻗어나갔다.

콰아앙—!

귀를 찢는 굉음과 함께 땅이 파이고 파인 땅이 무려 삼장 밖까지 갈라졌다.

'뭐, 뭐야, 이게?'

흩날리는 흙먼지와 사방에 질서 없이 널려 있는 파편들, 그리고 그 사이로 보기 흉하게 움푹 파여 있는 고랑을 보며 황당해하는 루하의 귀에 설란의 떨리는 목소리가 들렸다.

"검……기?"

돌아보니 설란이 마치 벼락이라도 맞은 것처럼 놀란 얼굴로 사슴 같은 눈을 끔뻑거리고 있었다.

"검기? 지금 그게 검기야?"

아무리 무공에 대해서는 무지한 루하지만 검기가 어떤 건지 정도는 알고 있었다.

내공은 무형이다. 하지만 검기는 유형이다. 무형의 내공을 유형으로 만드는 것은 오랜 숙련과 깊은 깨달음이 있어야만 가능한 일이었다. 검기를 술(術)과 예(藝), 이류와 일류를 가름하는 척도로 삼는 것도 그 때문이다.

다시 말해 이 순간 그가 일류고수의 반열에 올랐다는 뜻인 것이다.

"이게 검기라고? 내가 검기를 터득한 거라고? 정말? 농담 아니고?"

믿기지 않았다. 머리털이 죄다 곤두설 만큼 흥분되고 떨리는 만큼이나 도무지 믿기지가 않아 연신 확인을 해 댔다.

그러나 정작 검기라는 단어를 뱉어 낸 설란은 아무런 답도 줄 수가 없었다.

그 순간 본능적으로 떠오른 말을 뱉어 내긴 했지만, 그게 과연 검기였을까?

오랜 숙련이나 깊은 깨달음이야 차치하고라도, 고작 이십 년 내공으로 검기가 가능한 걸까? 무형의 기가 유형의 기로 응축되기 위해서는 최소 삼십 년 이상의 내공이 필요하다고 알려져 있었다.

하지만 검기도 아닌데, 그저 검경 정도로 땅이 파이고 파인 땅이 삼 장 밖까지 갈라진 저 흉측한 모습을 만들어 낼 수 있을까? 아니, 정말로 검기였다고 하더라도 이정도의 파괴력이 과연 가능할지 그것마저 의문이었다.

'여기 남겨진 흔적만 보자면 검기가 아니라 차라리 검강에 더 가까워 보일 지경인데.'

온통 의문투성이였다.

경세지재의 재능으로도 다 설명이 되지 않는다.

그리고 이 모든 의문들에 답을 줄 수 있는 것은 루하뿐이었다.

설란이 루하를 보았다.

그러다 움찔 놀랐다.

루하에게서 어떤 낯선 물건을 본 때문이었다.

아니, 정확히 말하면 낯선 물건이 아니었다. 낯설어진 물건이었다.

"너, 그 검…… 좀 변하지 않았어?"

아니, 좀 변한 게 아니다.

완전히 달라졌다.

철검 특유의 은빛으로 빛나던 검신이 지금 이 순간 칠흑보다 검은 묵빛으로 바뀌어 있었던 것이다.

第六章

너 지금 완전 귀엽거든?

"이거…… 못 쓰게 된 거야?"

방금 전 검기 시전의 흥분도 잊은 채 울상이 된 루하다.

무림인들이 보면 기가 막혀 할 일이겠지만 루하에겐 현실감 없는 검기보다 당장 눈앞의 철검이, 철검에 투자한 거금 두 냥의 돈이 더 크게 느껴지는 것이다.

설란은 신중히 검을 살폈다.

촉감이나 무게를 보면 분명 일반 철은 아니다.

"나 혹시 사기당한 거야? 왕평 그 망할 자식이 이딴 쓰레기를 철검처럼 보이게 만들어서 날 속인 거야?"

설란이 고개를 저었다.

"그건 아닐 거야."

"어째서?"

"이렇게 묵빛이 짙은 금속 중에는 철보다 값이 싼 것은 없으니까."

"그럼 이게 더 비싼 거라고?"

"아마도."

"재질이 뭔데?"

그걸 모르겠다.

묵철보다 무겁고 흑오철보다 검고 현철보다 차갑다.

그녀가 아는 묵빛 금속 중에는 이것과 부합되는 것이 없었다.

잠시 생각에 잠겼던 설란이 뭔가 결심이 선 눈빛을 하고는 품속으로 손을 가져갔다. 그리고 꺼내든 것은 단도였다.

봉황이 화려하게 양각되어 있는 도집을 벗겨내자 그 속에서 칠흑처럼 검은 도신이 드러났다.

"어? 이거랑 같은 거야?"

루하가 대뜸 그렇게 물을 만큼 어느 게 더 검다고 구분할 수 없을 정도로 색깔이 비슷했다.

"아냐. 보기엔 비슷해 보여도 분명 현철하고는 달라."

"뭐? 그럼 그 단도는 현철로 만든 거란 말야?"

루하가 놀란 눈을 동그랗게 떴다.

한 번도 본 적은 없었지만 현철이 얼마나 귀하고 값비싼 건지는 알고 있었다.

현철은 철보다 수십 배나 강도가 강하면서도 탄성이 좋아 도검으로는 최적의 재료였다. 하지만 워낙에 희귀한 금속인 데다 단단하기가 금강석에 버금가서 현철을 다룰 수 있는 장인이 중원 전체에 세 명도 되지 않는다고 알려져 있었다. 그만큼 현철로 된 도검은 극히 드물었다. 또한 비쌌다. 적게는 수천 냥에서 많게는 수만 냥을 호가하는 것은 물론이고 그런 거금을 주고도 구하기가 어려워 무림인들에겐 최고의 보물로 여겨지고 있는 물건이었다.

그런 보물을, 그 값비싼 무기를 이 어린 소녀가 아무렇지 않게 가지고 다니는 것이다.

의선가란 이름이 새삼 크게 느껴졌다.

그런데 바로 그 순간이었다.

그를 더욱 놀라게 만드는 장면이 펼쳐졌다.

설란이 그 값비싼 보물로 한 치의 망설임도 없이, 그리고 온 힘을 다해 자신의 검을 내려친 것이다.

"에?"

말리고 자시고 할 시간도 없었다.

까아앙—!

귀를 찢는 듯한 금속음이 들린 것과 동시에 불꽃이 사방으로 튀었다.

게다가 그 한 번으로 끝이 아니었다.

까아앙—!

시끄러운 금속음이 두 번, 세 번, 네 번 연이어서 터져 나왔다. 내공까지 실어서 두들겨 대는 건지 금속음의 울림이 너무 강렬해서 귀가 다 멍멍할 지경이었다.

그렇게 미친년처럼 단도를 내리치던 설란이 비로소 멈춘 것은 정확히 스물두 번 만이었다.

"대체 너 뭐한 거야?"

황당해하며 묻는 루하에게 설란이 단도를 들어 올려 보였다.

그렇게까지 사납게 두드려 댔건만, 일반 단도였다면 벌써 두 동강이 나도 났을 텐데 달리 현철이 아닌 건지 말짱했다.

"말짱한 거 아니거든. 여기 흠 안 보여?"

설란의 말에 루하가 다시 한 번 세심하게 살펴보니 그녀의 말대로 날 끝에 아주 미세하게나마 흠이 나 있었다.

"보통의 경우라면 이런 흠은 절대로 생길 수가 없어. 흠이 생기기 전에 부딪힌 검이 먼저 부러졌을 테니까. 근데……."

그렇게 말하며 이번엔 루하의 검을 들어 올려 보였다.

"현철로 만든 단도로 내공까지 실어서 내려쳤는데 오히려 이게 말짱해. 무슨 말인지 알겠어? 이게 현철보다 몇 배나 단단하다는 뜻이라고."

"뭐? 진짜? 근데 현철보다 단단한 금속도 있어?"

"현철보다 단단한 금속이야 있기는 하지. 금강석만 해도 현철보다는 강도가 강하니까. 하지만 이것처럼 현철의 몇 배나 되는 강도에 경도, 탄성까지 완벽하게 균형을 갖추고 있는 금속은…… 내가 알기로는 하나뿐이야."

"뭔데 그게?"

"만년한철(萬年寒鐵)."

"뭐?"

만년한철이라니?

만년한철이라면 전설 속에서나 나오는, 실재하는지조차 확실치 않은, 그 자체로 보물이고 신물인 금속이었다.

"이게 정말 만년한철이야? 근데 왕평 그 인간이 왜 이 귀한 걸 나한테 팔아? 그것도 고작 두 냥에?"

"너 아직도 이걸 철기점 주인이 판 그 검이라 생각하는 거야?"

"당연하잖아. 내가 거기서 샀으니까."

"철기점 주인이 판 건 아까 그 철검이지 이게 아냐."

"뭔 말이야, 그게?"

"철검의 재질이 바뀐 거야. 그걸 바뀌게 한 건 아마도 너일 테고."

도대체가 무슨 말인지 알아들을 수가 없다.

"좀 쉽게 좀 말씀해 주시죠?"

루하가 답답해하자 설란이 대뜸 그의 손목을 잡았다.

"뭐, 뭐하는 거야?"

아무리 알몸까지 보여 주는 상대라지만 그래도 갑작스러운 이성의 손길에 움찔 놀라서는 팔을 뒤로 빼려 했다. 하지만 손목을 단단히 잡아챈 설란의 손은 꿈쩍도 하지 않았다.

"괜찮으니까 가만히 있어 봐."

그 순간 설란의 손을 타고 가늘고 따뜻한 기운이 천천히 흘러들어 왔다.

루하가 다시 움찔하자 설란이 급히 말했다.

"저항하지 마. 자칫 반발력이라도 생기면 둘 다 위험해질 수 있으니까."

사뭇 긴장한 표정이었다. 느릿하게 흘러들어오는 기운도 상당히 조심스러워서 저도 모르게 덩달아 긴장을 하게 된다.

잠시 후 일정한 속도를 유지하며 움직이던 기운이 멈춰 선 곳은 단전이었다.

마치 대치하듯 단전과 마주하기를 얼마간, 이윽고 기운이 왔던 길을 되짚어 돌아가더니 이내 설란의 손으로 사라졌다.

"후우……."

그간의 긴장을 토해 내듯 긴 숨을 길게 내쉰 설란이 고개를 끄덕끄덕했다.

"역시 금(金)의 정수가 깨어난 거야."

그런 설란의 얼굴은 꽤나 상기되어 있었다.

어딘지 흥분되어 보이고 또 어딘지 들떠 보인다.

"단전의 내공을 한번 움직여 봐."

목소리도 격앙된 목소리였다.

그 분위기에 압도되어 시키는 대로 군말 없이 단전을 움직여 봤다.

"다르지?"

다르다.

뭔가 좀 더 묵직해졌고 좀 더 단단해졌고 좀 더 차가워졌다.

"조화지기 중에 금의 성질이 내공과 섞인 거야."

"……?"

"정확히 어떤 원리로 그렇게 됐는지는 좀 더 조사를 해봐야겠지만, 삼재검을 펼치는 도중에 네 철검이 금의 정수를 끌어낸 것만은 분명해. 그리고 금의 정수가 철검의 재질을 바꿔 버린 거고."

"그게 가능해?"

"이미 가능하고 말고의 문제가 아냐. 그것 말고는 이 상황을 설명할 수 있는 방법이 없으니까. 그리고 이 모든 게 정말 천지무극조화지기의 효능인 거라면 이건 만년한철이 아냐. 본질적으로 만년한철일 수가 없어. 한철이 완벽한 토질 속에서 수만 년 동안 산화와 환원을 반복하면서 걸러지고 응축되어 만들어지는 것이 만년한철이니까."

"만년한철이 아니면 그럼 뭔데?"

"아마도 지금까지 세상에 존재한 적이 없는 금속이겠지. 네가 최초로 만든, 너만이 만들 수 있는 금속."

"내가 이런 걸 또 만들 수 있다고?"

"당연하지. 아까 확인했잖아? 금의 정수가 완전히 깨어났어. 게다가 다시 숨어들지 않고 고스란히 내공과 섞였어. 그러니 네가 마음만 먹으면 다시 만들지 못할 이유가 없잖아?"

루하의 심장이 요동치기 시작했다.

'이런 걸 또 만들 수 있다고?'

그건 곧 철검 한 자루만 있으면 현철도검보다 몇 배나 강한 도검을 만들 수 있다는 뜻이다.

지금 이 순간 루하의 머릿속에 떠오르는 것은 오직 하나였다.

"이런 건 얼마에 팔 수 있을까?"

현철도검만 해도 수천수만 냥을 호가하는데 그보다 몇 배나 더 강하다면 과연 얼마나 할까?

생각만 해도 절로 침이 꿀꺽 삼켜지고 다리가 후들거려 왔다.

그런 루하를 어이없다는 듯 보는 설란이다.

"드디어 처음으로 지기의 실마리를 잡게 된 거거든? 좀 전엔 검기도 막 뿌리고 그랬거든? 게다가 희대의 보검까지 손에 넣은 거거든. 근데 지금 이게 얼만지 따위가 중요해?"

"중요해!"

그것도 완전!

의선가에서 온실 속 화초처럼 자라왔을 설란이 어찌 추위와 배고픔을 알겠는가마는, 그가 살아온 세상에서 돈은 지기보다도, 검기보다도 훨씬 더 중요했다.

지기나 검기는 없어도 살 수 있지만 돈이 없이는 못 사는 게 세상이니까.

하물며 간단히 수천수만 냥을 벌게 될지도 모르는데, 일확천금의 행운이 굴러들어왔는데 다른 게 어디 눈에 들어오겠는가.

"그러니까 이거 얼마나 받을 수 있어?"

루하의 눈빛이 기대로 반짝반짝거렸다.

하지만 설란의 대답은 기대를 완전히 벗어난 것이었다.

"못 팔아."

"뭐? 아니, 왜? 왜 못 팔아?"

"팔 수 있는 물건이 아냐. 천지무극조화지기의 효능으로 만들어진 만큼 모르긴 몰라도 세상에 존재하는 모든 금속 중에 가장 완벽한 금속일 거야. 어쩌면 만년한철 이상일지도 몰라."

"근데 그게 뭐?"

"최고니까. 그리고 그걸 만들 수 있는 건 너뿐이니까."

"……?"

"이게 세상에 나오는 순간 무림이 꽤나 시끄러워질 거야. 명검보도는 절세의 무공비급, 희대의 영약과 더불어 무림인들을 미치게 만드는 삼대탐욕 중 하나니까. 하물며 그것이 유일무이한 가치를 가진 신물이라면? 이걸 차지하기 위해 먼저 피 튀기는 쟁탈전이 벌어지겠지. 그리해 얻지 못한 자들은 차선으로 출처를 수소문할 테고, 어렵지 않게 널 찾아낼 거야. 탐욕에 눈이 멀어 미쳐 날뛰는 무림인들이 과연 널 어떻게 대해 줄 거라 생각해? 물론 좋은 말로 부탁을 하는 사람도 있겠지. 거금을 안겨 주는 사람도 있을 거야.

근데 과연 그런 선의를 가진 사람이 몇이나 될까?"

"……."

"쟁탈전에서 승리한 자는 또 어떨 거 같아? 과연 보검을 얻은 것만으로 만족할까? 무림인들이 널 찾는 순간 치열하게 쟁취한 유일무이한 보검은 더 이상 유일무이한 것이 아니게 되어 버리는데? 네가 살아 있는 한은 자신이 목숨을 걸고 쟁취한 전리품은 점점 더 그 가치를 잃어갈 텐데 과연 대범하게 널 그냥 내버려 둘까?"

루하는 아무런 대꾸도 할 수 없었다.

설란의 한 마디 한 마디에 등허리가 서늘했다.

"적어도 너 스스로 네 몸 하나 지킬 수 있는 힘을 가지기 전에는 다른 욕심은 버려. 아무리 값비싼 보물이라도 결국 그것을 지킬 힘이 없으면 쓰레기일 뿐이니까. 지금 넌 너한테 일어난 변화를 이해하고 받아들이는 데만도 벅찬 상태 아냐? 그건 나도 마찬가지고. 그러니까 지금은 다른 잡다한 건 다 신경 끄고 이 변화에만 집중해. 도대체가 넌 오늘 하루 너한테 일어난 변화들이 얼마나 엄청난 건지 자각은 하고 있는 거니?"

* * *

"백사토신(白蛇吐信)!"

콰앙—!

검기가 폭발했다.

"아, 정말! 내보내지 말고 멈추라니까!"

설란이 답답하다는 듯 버럭 소리를 질렀다.

"이게 대체 몇 번째냐고! 그냥 검에 담는다는 느낌이라니까!"

"알아! 안다고! 누군 이러고 싶어서 이래? 자꾸만 제멋대로 튀어나가는 걸 난들 어떡하라고!"

지금 루하는 삼재검을 펼치며 검기를 연습하고 있었다.

정확히는 내공을 검에 담는 법을 익히고 있었다.

하지만 잘 안 된다.

수도 없는 반복 끝에 이제 어느 정도 검기를 검에 머물러 있게 할 수는 있었다. 방어나 연환동작 때도 이젠 제법 조절이 가능했다. 하지만 찌르기나 내려치기 등의 공격 동작에서는 이놈의 내공이 도무지 통제가 안 된다. 고삐 풀린 망아지가 따로 없다.

"알면 뭘 해? 집중을 안 하는데! 너 아직도 일확천금의 꿈을 버리지 못하고 있는 거 아냐?"

"아니거든? 나 완전 집중하고 있거든? 일확천금의 꿈 따위 애저녁에 버린 지 오래거든? 나 그렇게 구질구질하게 막 미련 떨고 그러는 사람 아니거든?"

그랬다.

호기심에 집에 있는 낫을 세상에서 제일 강한 낫으로 만들어 보긴 했지만, 그뿐이었다. 일확천금의 꿈 따위 깔끔하게 접었다.

억만금인들 목숨보다 귀할 수는 없으니까.

그녀의 말마따나 지킬 수 없는 보물을 욕심내 봐야 괜한 화만 자초할 뿐이니까.

그렇게 일확천금에 대한 마음을 비우고 나니 그제야 검기에 대해 생각할 수 있게 되었다.

아니, 솔직히 말하면 '에잇! 일확천금의 꿈은 물 건너갔으니 검기에나 집중해야지.'라는 조금은 시큰둥한 심정이었다.

검기 그 하나에 매달려 수십 년을 피와 땀, 그리고 좌절과 인내 속에서 살고 있는 무림인들에겐 그야말로 똥물에 튀겨 죽여도 시원치 않을 무례고 시건방짐이겠지만 지금껏 무림인의 삶은 꿈꿔 본 적도 없는, 검기라는 이름조차 그저 귀동냥으로 주워들은 게 전부인 루하에겐 그 가치가 아직은 제대로 자각되지 않고 있는 것뿐이다. 다시 말해 무례가 아니고 무지인 것이다.

하지만 무지하긴 해도 아둔한 인간은 아니었다.

비교 우위에서 일확천금에 밀렸다뿐이지 검기가 대단하다는 것쯤은 그도 알고 있었다. 검기가 그의 인생을 바꿔줄 힘이 있다는 것도, 그리고 이젠 기댈 것이 검기밖에 없다는 것도 충분히 인지하고 있었다.

그리해 비록 차선의 선택이긴 했지만 최선을 다해 노력하고 집중했다. 그런데도 좀처럼 생각대로 되질 않으니 그 답답함은 설란보다 더하면 더했지 못하지 않았다.

"아, 됐어. 변명 늘어놓을 시간에 한 번 더 해 보기나 해. 이번엔 진짜진짜 집중해야 해. 알겠지?"

"그러니까 지금까지 줄곧 진짜진짜 집중하고 있었다니까!"

투덜투덜거리면서도 다시 검을 들어 올리는 루하다.

기를 끌어올렸다.

수십 번을 반복했던 덕분에 이젠 굳이 의식하지 않아도 단전에서 올라온 기가 단번에 검에 모아졌다.

위이이잉—

검이 울었다.

그리고 곧 푸르스름한 빛이 검신을 에워쌌다. 특히 검 끝에 맺힌 빛 덩어리는 무려 한 자 길이는 되는 듯했다.

이윽고 백사토신에 이어 열세 번째 초식인 고월침강(古月沈江), 열네 번째 초식인 회포옥병(懷抱玉屛)으로 이어졌고 열다섯 번째 초식에 이르러 힘껏 검을 찔러냈다.

"진량가해(津梁架海)!"

콰아앙―!

또 터졌다.

흙먼지가 날리고 파편이 사방으로 튀었다.

"집중하랬잖아!"

"집중했다니까! 안 되는 걸 난들 어떡하냐고!"

"그니까 왜 안 되냐고! 검기를 만드는 것보다 검기를 발출하는 게 백 배 천 배는 더 어려운 일인데 그 어려운 건 간단히 해냈으면서 왜 쉬운 걸 못 하냔 말이야!"

"낸들 아냐고! 이거 꼭 해야 하는 거야? 네 말대로 검기를 발출하는 게 백 배 천 배 어려운 일이라면 그만큼 상위의 무공이라는 거 아냐? 상위의 무공을 터득했는데 굳이 하위의 무공을 배울 필요가 있는 거야?"

"이건 상위 하위의 문제가 아니라 효율성의 문제거든? 기라는 건 몸에서 멀어지면 멀어질수록 약해질 수밖에 없으니까. 궁사나 창객처럼 간격의 불리함이 있는 상대라면 분명 유용한 면이 있겠지. 하지만 기예와 기예, 힘과 힘이 첨예하게 맞붙는 근접 격투에서 검기를 제대로 다루지 못하면 적게는 삼 푼, 많게는 칠 푼의 힘을 손해 보고 싸우는 것과 같단 말이야. 뭐, 하급 표사를 이기는 걸로 만족한다면 그걸로 됐어. 지금 네 삼재검의 수준이라면 경험만 좀 쌓으면 불완전한 검기만으로도 하급 표사 정도야 충분히 제압할 수 있을 테니까."

솔직히 루하가 여기서 검기 수련을 포기한다고 해도 설란이야 아쉬울 것이 없었다.

그녀에게 중요한 것은 검기가 아니라 어디까지나 금의 정수였다.

금의 정수가 어떤 원리로 모습을 드러낸 것인지를 파악해서 다른 지기의 정수도 같이 끌어낼 방도를 찾아내는 것, 그리해 동생을 살려내는 것, 그것만이 그녀에게 주어진 유일한 숙제이자 사명이고 목표였다.

루하가 검기를 자유자재로 다루게 되든 말든 아무런 상관도 없는 것이다.

기껏해야 호기심 정도였다.

일취월장, 무섭도록 빠르게 무공을 흡수해 가는 루하를 보고 있자니 그냥 내버려 둘 수가 없었다.

얼마나 더 성장할 수 궁금했다.

마치 스승이 제자의 성장을 이끌고 기대하는 것처럼 그 끝에 과연 어떤 모습이 되어 있을지 자신의 손으로 이끌어서 자신의 눈으로 직접 확인해 보고 싶었다.

루하의 목숨이 곧 동생 향이의 목숨과 직결되는 것인 만큼 스스로 제 한 몸 지킬 힘을 갖게 된다면 그건 그것 나름대로 괜찮겠다는 생각도 했다.

그녀가 지금 이렇듯 루하를 가르치는 이유는 딱 그 정도뿐이었다.

절박한 것은 루하였다.

'삼재검이 절정의 무공이라 할 수는 없지만 그 안에는 공격과 수비, 빠름과 무거움, 변화와 간결함의 묘리가 전부 다 들어가 있어. 그리고 네 내공은 다른 사람들의 것과는 비교도 안 될 만큼 훨씬 더 무겁고 훨씬 더 단단해. 아마도 금의 정수가 섞인 때문이겠지. 이 상태에서 네가 검기마저 자유롭게 다룰 수 있게 된다면 능히 일류고수도 상대할 수 있을 거야. 정루하라는 이름 석 자가 단숨에 무림의 신진고수로 주목받게 될 거라는 말이지. 고작 검기 하나를 다루게 된 걸로 말이야. 너한테 검기와 금의 정수는 이제 겨우 시작에 불과한 것인데도 말이야.'

일류고수니 무림의 신진고수니, 설란으로 인해 이미 허파에 바람이 잔뜩 들어가 버렸다.

임오연과 장규에 대한 분노로 인해 잡게 된 검이지만 이제 그들은 완전히 뒷전이 되어 버렸다.

그저 강해지고 싶었다.

이왕 검기마저 터득한 마당이니 제대로 강해져서 영웅담

의 주인공처럼 무림의 고수가 되어 한번 질풍강호해 보고 싶었다.

'그래! 나라고 뭐, 인생 한번 때깔 나게 살지 말란 법 없잖아?'

그렇게 커져 버린 꿈이다.

욕심은 늘었고 눈은 높아졌다.

이제 임오연과 장규를 이기는 정도로는 성이 차지 않았다.

"해! 하자고! 이깟 검기 따위, 내가 금방 말 잘 듣는 강아지 새끼처럼 고분고분하게 만들어 줄 테니까 어디 한번 두고 보시라고!"

그 다음부턴 설란이 시키면 시키는 대로 의심도 군말도 하지 않고 따랐다. 그리고 절박한 마음만큼이나 열심히 했다.

운기조식과 금침대법을 받을 때를 제외하곤 밤낮없이 검을 휘둘렀다.

덕분에 하루가 다르게 검기를 다루는 것에 능숙해졌고 삼재검도 하루가 다르게 완숙해졌다.

그 무렵이었다.

길었던 휴식기가 끝나고 마침내 다음 표행 일정이 잡혔다.

*　　*　　*

표행 소식을 들은 루하는 그 길로 곧장 양윤을 찾아갔다.

“표행이 잡혔다면서요? 듣기로는 엄청 대규모로 인원이 꾸려질 거라고 하던데…… 사정이 어려운 와중에도 이렇게 큰 표물을 잡아오신 걸 보면 우리 국주님도 확실히 능력이 있으신가 봐요.”

“표행이 대규모 인원으로 꾸려지는 것은 맞지만 표물이 큰 것은 아니네.”

“그게 무슨 말씀이세요?”

“유 서기 말로는 표국의 표사 팔십여섯 명 전원이 표행에 참여할 거라 하더군. 심지어 표국주님까지 동행을 한다고 하니 그야말로 만수표국 전체가 통째로 움직이는 셈이지. 한데 표물의 총 가치는 고작 육천 냥 정도밖에는 안 된다는 게야. 물론 육천 냥 어치의 표물이 적은 양은 아니지만 만수표국를 통째로 움직여야 할 정도는 아니란 말이지.”

“육천 냥이라면…… 그럼 운송비는요?”

“천삼백 냥을 받기로 했다는군.”

“예? 이 할이 넘어요? 그렇게 위험한 일이에요?”

"위험하기도 위험하지만 일단 멀어. 목적지가 섬서의 서안이니까."

얼핏 이해가 안 된다.

"서안까지 우리가 다 맡는 다고요? 계행(繼行)도 맡기지 않고요?"

계행이란 표물을 다른 표국으로 넘겨 주는 것을 의미한다. 주로 성(城)과 성(城) 단위로 이루어지는데 그 이유는 한 표국이 다른 성의 녹림도들에게까지 주기적으로 상납금을 바치는 것이 사실상 불가능하기 때문이다.

그래서 분타를 두지 않는 대부분의 군소 표국은 성 하나를 자신들의 권역으로 하고 그 범위를 넘어서는 표행은 운송비에서 일정지분을 넘기는 형식으로 다른 표국에 계행을 맡기는 것인데, 섬서는 엄연히 만수표국의 권역 밖이었다. 관행대로라면 섬서로 들어서는 지점에서 인근 표국에 계행을 맡겨야 했다.

그런데 계행을 맡기지 않고 만수표국이 서안까지 다 책임을 질 거라니?

"여기서 서안까지 가려면 여산(驪山)을 지나야 하는데 거긴 우리 만수표국의 손이 전혀 닿지 않는 곳이잖아요? 게다가 서안까지라면 표사들 표행비만 해도 천 냥은 넘어갈 텐데, 거기에 쟁자수며 식비까지…… 천삼백 냥이면 오히려 손해 아니에요? 아무리 지금 표국 사정이 안 좋다 해도 그렇지 이렇게 위험한 표행을, 그것도 손해를 보면서까지 해야 할 필요가 있는 거예요?"

"자네 말 대로네. 해 봤자 손해인 표행이지. 위험하기도 하고. 그럼에도 할 수밖에 없네. 만수표국이 아직 건재하다는 것을 보여 주기 위해서는 다른 성으로의 표행 만큼 상징적인 것이 없으니까. 잃어버린 신용을 단번에 회복할 수 있는 유일한 길이지. 그러니 손해를 감수하고서라도 이렇듯 무리한 표행을 강행하는 것이고. 국주님께서 이번 표행에 표국의 사활을 걸기로 하신 것이네."

생각해 보면 해 볼 만한 도전이긴 했다.

여산은 항산과 마찬가지로 패주라 할 만한 산채가 없었다. 개중 이름이 알려진 곳은 여산삼귀가 이끄는 천풍채인데 천풍채 정도라면 만수표국의 힘으로도 충분히 감당할 수 있었다.

"그렇긴 해도 이왕이면 안전한 게 좋잖아요. 어차피 손해 보기로 한 마당이라면 천풍채를 비롯해서 서너 군데에다 미리 통행료라도 얼마간 던져 주면……."

"그렇게 하진 않을 것일세. 오히려 국주님은 도적들이 나타나 줬으면 하는 마음이실 테니까."

루하는 그 말뜻을 바로 알아차렸다.

"그러니까 무난한 표행보다는 사건 하나쯤은 터져 주는 게 만수표국의 이름을 알리는 데 더 효과적이다?"

"그렇지. 그게 잘만 되면, 그래서 섬서 땅에 만수표국의 이름이 알려지게 되면 그걸 발판으로 삼아 국주님의 평생 숙원인 이성 표국(二城鏢局)의 꿈에도 도전해 볼 수 있을 테니까."

이성 표국이란 두 개 성으로의 표행이 가능한, 두 개 성의 권역을 가진 표국을 의미한다. 안휘나 호북에는 거의 대륙 모든 지역을 권역으로 하는 칠성 표국도 있지만 산서에는 산서제일이라는 삼원표국(三元鏢局)조차 이성 표국에 불과했다. 그런 만큼 만수표국이 이성 표국으로 올라서기만 한다면 적어도 산서에서만큼은 일반 군소 표국에서 단번에 산서 제이의 표국이 될 수도 있는 것이다.

"물론 고작 표행 한 번으로 그렇게 간단히 이성 표국이 될 리는 없겠지만, 아무튼 이번 표행에 거는 국주님의 포부가 그만큼 크다는 말이네. 포부가 큰 만큼 필요하다면 큰 위험도 감수하려 들겠지. 그래서 난 이번 표행에는 따라가지 않을 참이네. 돈 몇 푼에 목숨을 걸기에는 딸린 식구가 많아서 말이네. 어디서 주워들었는지 돈 귀신 붙은 우리 마나님도 이번 표행은 극구 말리기도 하고. 나뿐만이 아닐세. 이미 쟁자수들 몇은 쟁두(爭頭)에게 가서 불참 의사를 밝혔다고 하더군. 그러니 자네도 신중히 생각해서 결정하게나."

쟁두라면 쟁자수들을 관리하고 대표하는 쟁자수들의 수장이다.

양윤의 말대로 쉽게 결정할 일은 아니었다.

양윤을 만나고 돌아오는 길 내내 생각이 복잡했다.

사실 예전의 그라면 고민하고 자시고 할 문제도 아니었다.

딸린 식구가 없어도 돈 몇 푼에 목숨을 거는 멍청한 짓 따윈 하지 않을 것이다. 그런데도 이렇게 선뜻 결정을 내리지 못하고 있는 것은 두 가지 이유에서였다.

우선 수중에 돈이 다 떨어졌다.

고작 백오십 문이 현재 가진 전부였다. 군식구까지 생겨난 상황에서 이걸로는 앞으로 닷새도 견디기가 힘들었다.

'계집애가 말이야. 식비라도 좀 보태 주면 오죽 좋아? 저번에 보니까 금낭이 아주 두둑하더구만.'

개념이 없는 건지 아니면 보기완 다르게 짠돌이인 건지, 한 달을 넘게 있으면서 땡전 한 푼 보태 준 적이 없다.

'누군 어디 돈 나오는 화수분이라도 숨겨 둔 줄 아나? 세상에 공짜가 어딨냐고, 공짜가.'

아니, 공짜라곤 할 수 없나?

금침대법에다 무공까지 가르쳐 주고 있으니까. 그래서 돈 내라고 닦달도 못 하는 것이고.

어쨌든 생활비가 급한 상황이었다.

어디 일용직이라도 알아봐야 하나 심각하게 고민하고 있던 찰나에 들려온 표행 소식에 얼마나 반가웠는지 모른다.

서안까지의 거리라면 출행비가 넉 냥은 나올 터였다. 넉 냥이면 군식구 하나가 껴도 적어도 두 달 이상은 거뜬히 버틸 수 있는 돈이었다. 다시 말해 그 두 달 동안은 아무 걱정 없이 아무런 간섭도 받지 않고 오직 무공에만 매진할 수 있다는 뜻이다.

'포기하기엔 너무 아깝단 말이지.'

게다가 머리로는 위험한 표행이라 생각을 하는데 마음으로는 별로 겁이 안 난다.

어차피 팔십 명이나 되는 표사들이 있으니 그가 나서서 싸울 일도 없겠지만 싸울 일이 생기더라도 그 한 몸 지킬 자신은 있었다.

'물론 싸움이란 건 검기와 초식만으로 할 수 있는 건 아냐. 대련 한 번 해 본 적이 없을 만큼 경험이 일천하다는 것은 분명 치명적인 약점이지. 하지만 그거야 어디까지나 실력이 비슷하거나 한 수 아래 정도를 상대할 때나 그렇지, 엔간한 도적들은 네 검기만 보고도 꽁지가 빠져라 도망부

터 갈걸?'

일대일 대결에서 그를 위험하게 할 수 있는 도적은 안휘의 팔공산이나 호북의 형문산, 녹림십팔채나 장강수로채의 총단 고수 정도뿐일 거라고 했다.

설란이 그렇다고 하면 그런 것이다.

이제 설란의 말은 진리를 넘어 신앙이었다.

더구나 그 사이 배우고 익힌 것이 단지 검기만이 아니었다.

경공도 배웠다. 지금은 그저 흉내나 내는 수준이었지만 역시 금의 정수 때문인지 내공을 다리에 싣자 땅을 박차는 힘이 엄청났다. 한 번 발질에 삼 장을 훌쩍 건너뛰었고 박찬 땅엔 두 치나 되는 깊이의 발자국이 남았다. 그것도 처음에야 그랬지 지금은 훨씬 더 깊은 발자국을 내고 훨씬 더 먼 거리를 뛸 수 있었다. 아직은 그저 흉내만 내는 수준인데도 말이다.

그러니 정 안 되면 도망가면 그뿐이다.

도망은 경험과는 아무런 상관이 없으니까.

'네가 도망치기로 작정을 한다면, 장담하는데 이름 꽤나 있는 도적이라도 널 쉽게 잡진 못할 거야.'

설란의 말은 언제나 옳으니까.

그리해 결심이 섰다.

표행에 참여하기로.

결심이 서자마자 루하는 곧장 쟁두 공칠을 찾아가 자신의 의사를 밝혔다. 그렇잖아도 이번 표행의 위험성이 알려진 탓에 쟁자수 수급이 만만치 않았던 모양인지, 루하가 참여하겠다고 하자 마치 내리 죽 쑤던 투전판에서 장땡이라도 잡은 듯한 표정을 했다.

그나저나 기분이 새롭다.

여느 때의 표행이랑은 느낌이 조금 달랐다.

지금까지의 표행은 그저 고단함이었다. 수백수천 리 길을 걸어야 하는 데다 변변한 잠자리도 없이 노숙을 해야 했고 비라도 내리는 날이면 진흙탕 속에서 추위와 싸워야 했기 때문이다.

그에게 있어 표행은 그저 돈벌이를 위한 괜찮은 수단 정도밖에는 되지 않았다. 그래서 표행을 앞둔 날이면 괜히 기운이 없고 몸이 무거웠다. 특히 스무날을 넘어가는 표행이면 답답하다 못해 아득한 느낌을 받곤 했다.

그런데 이번 표행은 무려 한 달이 넘는 일정이었다. 그런데도 기운이 없지도 몸이 무겁지도 마음이 갑갑하지도 않았다.

오히려 들떴다.

내심 도적이라도 나타났으면 하는 바람이었다.

그리해 재수 없는 표사들이 보는 앞에서, 그리고 나이 어리다고 무시나 해대는 동료 쟁자수들 앞에서 자신이 얼마나 대단해졌는지 제대로 실력 발휘 한번 해 보고 싶었다.

'그럼 완전 유쾌 상쾌 통쾌할 텐데 말이야.'

생각만 해도 짜릿짜릿하다.

물론 어디까지나 상상이고 망상일 뿐이다.

막상 흉악한 도적을 다시 현실로 맞닥뜨리고 나면 어쩌면 오금이 저려서 도망칠 궁리부터 하게 될지도 몰랐다.

설란은 웬만한 도적들은 충분히 상대할 수 있을 거라고 했지만 일전에 만났던 광랑채 두목 구양수나 벽악채 두목 척도광만 해도 도무지 웬만해 보이지가 않았으니까.

그나저나…….

"너 뭐 하냐?"

얘는 지금 뭐 하는 걸까?

아까부터 동경을 앞에 두고 계속해서 혼자 뭔가 꼼지락 꼼지락대고 있는 설란이다.

"남장."

"남장?"

"나도 이번 표행에 따라갈 거야. 아무래도 여자의 몸으로는 불편한 것 같아서 남장을 하는 거고."

"표행에 따라가겠다고?"

어리둥절해하는 루하다.

"니가 왜?"

"족히 한 달은 넘게 걸리는 표행이라며? 내공이 생각보다 빨리 뿌리를 내린 덕분에 금침대법이야 좀 쉬어도 상관없지만, 이제 겨우 지기의 꼬리를 잡은 셈인데 이 중요한 시기에 한 달이 넘게 어떻게 그냥 날려? 지금부턴 정말 매 순간 네 몸의 변화를 살펴야 하는 때라고."

마음 같아서는 아예 루하의 표행을 말리고 싶은 심정이었다.

아니, 실제로 그런 생각도 밝혔다.

'표행 꼭 가야 해? 안 가면 안 돼?'

'뭐? 나더러 이젠 일도 하지 말라고? 그럼 뭘로 먹고 살라고?'

'그 정도 돈은 나한테도 있어. 네가 원하면 향이 병이 치료될 때까지 표행으로 버는 돈 정도는 내가 대신 줄게. 너한테도 그게 좋지 않아? 이제 한창 무공이 늘고 있는 시점인데 그냥 무공에만 정진하는 게…….'

'됐거든? 그게 의선가 돈이지, 네 돈이야? 내가 말했지. 넌 믿어도 의선가는 못 믿는다고. 내가 생각해도 나 제법 강해졌거든? 네 말대로 여기서 경험만 좀 쌓으면 어딜 가도 표사 한 자리 정도는 충분히 구할 수 있을 것 같거든? 그럼 이제 앞으로 돈 궁할 일은 없을 텐데 내가 뭐가 아쉬워서 의선가에 그런 신세를 져? 그게 어떤 족쇄가 될지 모르는데.'

원래 굶주린 개가 말을 잘 듣는 법인데 그동안 검기다 뭐다 너무 배를 불렸나 보다. 이제 돈 몇 푼에는 꼬리조차 살랑거리지 않는다.

그러니 어쩌겠는가? 가는 길을 막지 못한다면 따라라도 갈 수밖에.

"아무리 그래도 그렇지 표행까지 따라 오는 건 너무 지나친 거 아냐? 아니, 그보다 무슨 수로 표행엘 따라올 건데? 표행이 애들 장난도 아니고, 외인이 함부로 낄 수 있을 리가 없잖아?"

"쟁자수로 들어가면 되지."

"뭐?"

"나도 만수표국의 쟁자수가 될 거라고. 네가 쟁자수 일을 관둔다면 모를까, 그게 아닌 다음에야 앞으로도 계속 표행을 떠나게 될 텐데 계속 네 옆에 붙어 있으려면 내가 쟁자수가 되는 수밖에 없잖아."

"하하. 이보세요. 말이 좀 되는 소릴 하셔야죠. 의선가의 장녀가 무슨 쟁자수야? 그 귀하신 몸으로 쟁자수가 되겠다고 하면 표국에서 옳다구나 하고 냉큼 받아줄 것 같아? 자칫 너한테 무슨 일이라도 생기면 아예 뒷감당이 안 되는데?"

"당연히 내 신분은 숨길 거야. 의선가의 장녀라는 신분이 무림에서 어떤 위치인지는 너보다 내가 훨씬 더 잘 아니까. 내가 여기 있다는 걸 알면 어떻게든 의선가와 연줄 한 번 만들어 보려고 인근 무림 문파들이 아주 득달같이 달려와서 난리를 피워 댈걸?"

"그럼 의선가의 장녀란 걸 숨기고 어떻게 쟁자수가 되려고? 너 쟁자수를 우습게 보는 모양인데 쟁자수 되는 거, 그거 결코 쉬운 거 아니거든? 아무나 될 수 있는 거 아니거든? 우선 넌 외모부터가 비리비리해서 면접에서부터 바로 탈락일 거거든? 게다가 운 좋게 쟁자수가 된다고 하더라고 당장 내일모레 표행은 절대로 무리야. 실무 경험도 없는 생초짜를 표국의 사활이 걸린 표행에 데리고 갈 리 만무하니까."

"보통의 경우라면 그렇겠지."

"보통의 경우가 아니면?"

"알아보니까 공칠이라는 쟁두가 쟁자수들을 관리한다며? 그자한테 은자 열 냥쯤 집어 주면 쟁자수 자리 하나쯤이야 못 얻겠어?"

"그러니까 지금 뇌물을 쓰겠다는 거야? 우리 만수표국에 그런 더러운 수법이 통할 리가……."

있다.

무지하게 있다.

은자 열 냥이면 영혼 따위 얼마든지 팔 수 있는 인간들이야 널리고 널렸다.

특히 공칠로 말할 것 같으면, 쟁자수들을 상대로 표행에 한 번이라도 더 넣어 주겠다며 대놓고 뒷돈을 요구하는 아주 솔직하고 대범한 쓰레기였다.

은자 열 냥이면 없는 자리라도 만들어서 가져다 바칠 것이다.

"세상사 모든 일에는 예외가 존재하기 마련이고 편법이 통하지 않는 일이란 없으니까."

그렇게 중얼거리는 설란의 말투는 지극히 담담했다.

뭐랄까…… 작은 편법쯤은 일상이 되어 버린, 그래서 소소한 부조리에는 무감각해져 버린 사회 지도층의 관록 같은 게 묻어난달까?

아무튼 왠지 새롭다.

그저 좋은 가문에서 애정 듬뿍 받으며 살아온 온실 속의 화초라 생각했는데 역시 천하제일이란 이름은 괜한 것이 아니었나 보다. 그 이름 주위로 얼마나 많은 이해득실들이

얽히고설켜 있겠는가. 태어나면서부터 그런 환경 속에서 자라온 선택받은 자들만이 가질 수 있는 여유일 것이다.

'쳇! 역시 잘난 것들은 뭘 해도 잘나 보이네. 대놓고 더러운 수작을 하겠다는데 그게 왜 이렇게 있어 보이는 거야?'

괜히 심통도 나고 감탄도 하게 된다.

그런데 그렇게 감탄을 하고 있는데 그때까지도 동경에서 얼굴을 떼지 않고 있던 설란이 마침내 고개를 돌리며 물었다.

"어때? 나 꽤 그럴듯하지?"

"어떻긴 뭐가 어……때?"

무심결에 시큰둥하게 대꾸하던 루하는 순간 벼락이라도 맞은 것처럼 놀란 얼굴을 했다.

그래.

남장이 꽤 그럴듯하긴 했다.

그런데 그 남장이란 것이,

'귀, 귀엽다.'

여장일 때와는 뭔가 다른 느낌이지만 절대로 꿀리지 않는 귀여움이 거기에 있었다.

"어때? 남자 같아?"

"이렇게 하고 표행에 따라가겠다고?"

"왜? 이상해?"

"차라리 이상한 게 낫지! 안 돼. 이대로 표행은 무리야."

"그니까 왜?"

"너무 귀엽잖아."

"뭐?"

"너 지금 완전 귀엽다고."

그제야 루하의 말을 알아들은 설란이 살짝 당황한 눈을 하고는 부끄러운지 볼을 발그레 붉힌다.

"갑자기 실없이 무슨 그런 농담을 하고 그래?"

눈을 곱게 흘기는 그 모습이 또 사람 환장하게 한다. 그야말로 마성의 미소년이 따로 없다.

"농담 아니거든? 너 지금 진짜 완전 귀엽거든? 희대의 색마라도 지금 널 보면 자신의 성정체성에 대해 아주 심각한 고문에 빠질 텐데, 심약하고 순진한 표사들과 쟁자수들이 그 유혹을 견딜 수 있을 것 같아? 가뜩이나 고단한 표행인데 그런 불쌍한 남정네들을 밤잠까지 설치게 만들어야 속 시원하겠냐고!"

뭔가 극찬인 것 같긴 한데 비유가 참 저렴하다.

그래서 듣고 있자니 기분이 좋은 것 같기도 하고 나쁜 것 같기도 한 것이 어떻게 반응을 해야 할지 애매한 설란이다.

그런 설란을 보며 루하가 한 번 더 당부를 했다.

“암튼 그런 모습으로는 절대로 안 되니까 남장인지 분장인지 다시 고쳐.”

“여기서 뭘 어떻게 고치란 거야?”

“수염이라도 붙이면 될 거 아냐. 이왕이면 구레나룻부터 해서 아예 얼굴 절반 정도는 덮을 정도로 왕창!”

타협의 여지가 없다는 듯 단호히 말하고는 휙 하니 문을 나가 버리는 루하다.

그러고 보니 벌써 오시가 지났다.

미시부터 표물 하역 작업이 있다고 했다.

루하가 나가 버린 문을 잠시간 멍하니 보고 있던 설란이 이내 다시 동경을 본다. 그렇게 동경 속에 비친 자신의 모습을 보며 고개를 갸웃거렸다.

“내가 그렇게 귀엽나? 남자들이 밤잠까지 설치게 만들 정도로? 에이, 그 정도는 아닌 것 같은데…….”

그렇게 뇌까리며 삐죽 입술을 내미는 그녀의 입가에는 숨길 수 없는 미소가 새침하게 떠올라 있었다.

第七章

이것이야말로 괴롭힘의 진수다!

설란은 좀처럼 동경에서 눈을 떼지 못하고 있었다.

작고 뽀얀 얼굴에 전혀 어울리지 않는 산도적 같은 수염을 보고 있자니 절로 울상이 지어진다. 하지만 그 울상조차 덥수룩한 수염에 하관이 죄다 덮여 있어 잘 보이지도 않았다.

"정말 이렇게까지 해야 해?"

이건 정말 아니다 싶다.

"이 나이에, 이 얼굴에, 이 체구에 이런 수염이 가당키나 해? 너무 괴상하잖아?"

혹시나 하는 기대로 루하를 보지만 루하는 그 기대를 단

칼에 잘라 버렸다.

“온갖 지저분한 망상의 주인공이 되는 것보다는 차라리 좀 괴상하게 보이는 게 나아. 망상으로 끝나면 그래도 다행이지. 세상에 남자 여자 안 가리고 이쁘기만 하면 만사 땡인 변태들이 얼마나 많은 줄 알아? 표행을 하다 보면 다른 쟁자수들과 한 방에서 뒹굴어야 할 때가 허다한데 그땐 또 어쩌려고? 괜히 피곤한 일 만들 필요 없잖아.”

“그치만…….”

“아, 됐어. 어서 서둘기나 해. 늦었단 말이야. 벌써 표행 준비가 끝났을 거라고.”

루하의 재촉에 설란이 다시 동경을 본다.

‘하아…….’

동경 속에 비친 자신의 괴상한 얼굴을 보고 있자니 절로 한숨이 나온다.

의선가의 장녀라고 해도 아직은 어린 소녀다. 예쁘게 꾸미고 싶고 남들에게 아름답게 보이고 싶은 마음이야 다를 바 없는 것이다.

하지만 어쩌랴.

남자에 대해서도 표행에 대해서도 아는 게 없는 그녀로서는 그저 루하가 시키는 대로 하는 수밖에.

만수표국 앞은 보기 드문 장관이 펼쳐져 있었다.

표물을 산처럼 실은 스물두 대의 수레와 수레의 앞뒤로 수레를 밀고 끌 마흔네 명의 쟁자수들, 그리고 좌우로 빈틈없이 자리를 잡고 있는 여든여섯 명의 표사들까지……. 만수표국이 문을 연 이래 역대 최대 규모의 표행답게 그 위용이 대단했다.

그 같은 분위기에 동화되어서인지, 아니면 이번 표행의 중요성과 위험성을 알기 때문인지 면면히 흐르는 공기가 뜨거웠다.

적당한 긴장감과 미지로의 여정에 대한 어떤 기대감이 어우러진 열기였다.

하지만 루하는 도무지 그 분위기에 동화될 수가 없었다.

'이건 무슨 좌청룡 우백호도 아니고 말이지.'

각 수레마다 수레의 앞뒤로 수레를 밀고 끌 쟁자수가 한 명씩 배치가 되는데 그는 열네 번째 수레의 앞자리였다.

그런데 이게 무슨 운명의 장난인지, 그가 맡은 열네 번째 수레의 좌우에 배치된 표사들이 임오연과 장규였다.

'아무리 타고나기를 재수 없는 팔자로 타고났다지만, 하고많은 표사들 중에 왜 하필이면 좌오연 우장규냔 말이야.'

슬쩍슬쩍 눈을 흘겨 대며 못마땅한 기색을 여지없이 드

러내고 있는 임오연과 하찮은 쟁자수 따위에는 관심도 없다는 듯 눈길 한 번 안 주는 장규, 그 속에 끼어 있자니 이건 그야말로 가시방석이 따로 없다.

더욱 갑갑한 노릇은 한 번 정해진 표행의 대열은 표행이 끝날 때까지는 바뀔 일이 없기 때문에 이대로 좌오연 우장규를 양옆에 끼고 한 달이 넘는 긴 여정을 같이해야 한다는 것이다.

생각만 해도 벌써 가슴이 답답해 온다.

가슴이 답답해 오는 만큼 원망은 커진다.

그 원망이 향하는 곳은 임오연도 아니었고 장규도 아니었다.

그 모든 원망과 짜증은 자신의 바로 앞, 열세 번째 수레의 후미를 맡고 있는 설란을 향하고 있었다.

'그래. 따지고 보면 이것도 다 저 녀석 때문이지.'

사람들의 주목을 최대한 덜 받기 위해 쟁두 공칠을 꼬드겨 중간쯤으로 자리 배치를 받아낸 것도 그녀였고 루하와 붙어 있기 위해 루하를 자신의 바로 뒤에 세운 것도 그녀였다.

'이왕 수작을 부릴 거면 좀 제대로나 부리든가. 대체 나한테 무슨 억하심정이 그리도 많아서 좌오연 우장규인 거냐고? 설마 수염 때문에 그런 거야? 수염 좀 붙이게 했다

고 그거에 삐쳐서 일부러 나 엿 먹이려고 그런 거야?'

물론 설란이 그렇게까지 치밀한 성격은 아니다.

그렇게까지 쪼잔한 성격도 아니다.

지금껏 그가 보아 온 설란은 그랬다.

하지만 옛말에 이런 말이 있지 않은가.

귀신도 모르는 게 여자의 내숭이라고.

'살 부비고 산 것도 아닌데, 저 속에 뭐가 있는지 내가 어떻게 알겠어.'

그렇게 루하가 설란의 저의에 대해 심각하게 의심을 하고 있는 사이 총표두 곡운성과 표국주 조철중이 걸어 나와 자신들의 말에 올랐다.

규모만 클 뿐이지 늘 해 왔던 표행이다.

특별한 말도 각오도 필요 없었다.

"출(出)!"

표국주 조철중의 짧고 굵은 한 마디 말과 함께 표행이 시작되었다.

표행이 시작되자 설란이 슬쩍 루하의 옆으로 다가왔다.

"근데 왜 다들 마부석은 비워 두고 내려서 말을 끄는 거야?"

이상하다는 듯 묻는 말에 잠시 잠깐 텅 빈 마부석으로 눈길을 준 루하가 시큰둥하게 대답했다.

"가뜩이나 저 무거운 수레를 끌고 수천 리 길을 가야 하는데 거기에 쟁자수까지 짐이 될 수는 없잖아. 조금이라도 부담을 줄여 줘야지."

"산길도 아니고 평지인데? 산길에서야 밀고 끌고 해야 한다지만 평지에서야 마부 하나 더 올라탄다고 티도 안 날 텐데 굳이 이렇게 비효율적으로 고생할 필요가 있어?"

"원래 사회생활이라는 게 효율적으로만 움직일 수 있는 게 아니니까."

대강 그렇게 얼버무리긴 했지만 사실 할 말이야 많았다.

처음부터 마부석이 공석이었던 것은 아니었다.

작년까지만 해도 저 마부석은 언제나 그의 차지였었다.

그런데 작년 이맘때쯤, 표행시에 쟁자수들은 마부석에 앉지 말라는 황당한 지시가 내려왔다.

몇몇 표사들이 불만을 표출한 때문이었다.

일반적으로 표행시에 말에 탈 수 있는 것은 표두뿐이었다. 일반 표사는 지금처럼 수레의 좌우를 호위하며 도보로 이동한다. 위급한 지경에 처했을 때 말에 올라 있는 것보다 민첩하게 상황에 대처할 수 있다는 이유도 있지만, 가장 큰 이유는 표사들까지 말을 타면 말여물로만 짐수레 몇 대를 더 끌고 가야 하는데 거기에 들어가는 여물값에 추가로 합류시켜야 하는 쟁자수까지, 그건 그야말로 낭비이기 때문이다.

표사들의 불만도 거기에서 비롯된 것이었다.

자신들은 힘들게 두 발로 이동하는데 감히 쟁자수 주제에 마부석에 앉아 편하게 가는 것이 영 못마땅했던 것이다.

'꼬우면 지들이 마부석에 앉든가.'

표사 자존심에 또 수레는 몰기 싫다고 한다.

'쟁자수가 편한 꼴은 못 보겠고 쟁자수나 하는 저급한 일은 하기가 싫고, 이 무슨 놀부 심보냔 말이지.'

그렇게 어영부영 지나다 보니 마부석이 지금 저렇게 장식용으로 전락해 버린 것인데 그런 비사를 다 말해 주기에는 좌오연 우장규가 너무 가까이에 붙어 있었다.

이것 참 불편해 죽겠다.

좌오연 우장규.

신경 쓰지 않으려고 해도 자꾸만 신경이 쓰인다.

특히 임오연은 못마땅해 하는 정도를 넘어 이젠 아예 노골적으로 '괴롭혀 줄 테다!' 라는 기분 나쁜 눈빛을 마구마구 던져 대고 있었다.

그렇다고 딱히 어떤 행동을 취하는 건 아니었다.

그럴 염려도 없었다.

표행 중에 문제를 일으키는 건 금기시되는 게 표국의 법도니까.

하물며 표국의 일대 사활을 건 중요한 표행에서 문제를 일으킬 용기가 임오연에게 있을 리가 없었다.

'차라리 째려만 보지 말고 주먹을 날리든가 칼을 뽑든가 하란 말이지. 그럼 이판사판 공사판이다 생각하고 확 엎어 버리기라도 하지.'

정말이지 침묵 속에 이어지는 불편함은 견디기가 힘들다.

역시 안 되겠다. 이대로 이 틈바구니 속에 계속 있다가는 서안에 닿기도 전에 진이 다 빠질 것 같다.

'언제 기회 봐서 자리라도 한번 바꿔 보든가 해야지.'

악명이 자자한 임오연의 바로 옆자리인데 과연 자리를 바꿔 줄 쟁자수가 있기나 할는지 모르겠지만.

하지만 루하는 그 같은 생각을 표행을 시작한 지 만 하루가 지나기도 전에 접어야 했다.

그동안 집에만 틀어박혀 지내느라 몰랐던 것인데 그간 표사들의 분위기가 사뭇 달라져 있었다.

차갑다. 쌀쌀하다 못해 냉기가 풀풀 날린다. 평소 가깝게 지냈다고는 못하지만 한 번씩 얼굴 마주칠 때마다 시답잖은 농담이라도 한 마디씩 던져 주던 표사들마저 철저하게 무시하고 노골적으로 외면한다.

비단 그에게만 그런 것이 아니었다.

지금까진 미처 깨닫지 못했지만 자세히 살펴보니 쟁자수와 표사 사이에 전에 없던 보이지 않는 벽이 생겨나 있었다.

"몰랐나? 지난번 표행 이후로 저것들 우리를 사람 취급도 안 해. 뭐, 그 전에도 사람 취급 안 하긴 마찬가지였지만 그 사건 이후로는 아예 벌레 보듯 한다니까. 그래도 몇몇은 아직 눈인사라도 건네 오긴 하는데, 그것도 혼자 있을 때나 그러지 다른 표사들이 있는 앞에서는 죄다 본 척 만 척이야."

그러니까 다시 말하자면 표사들 사이에 '쟁자수들과는 놀지마.' 라는 유치한 풍조가 생겨나 있다는 것이다.

'근데 왜 양씨 아저씨는 이런 사정을 말씀 안 해 주셨지?'

하긴, 이런 풍조를 만들어 낸 원인 제공자 중 한 명이 자신이니 말 꺼내기가 조심스러웠을 것이다.

어이가 없다.

'이것들이 진짜, 어디서 뺨 맞고 어디서 화풀이야?'

정작 동료 표사들을 도륙한 벽악채의 도둑들한테는 아무것도 못 하면서 애꿎은 쟁자수들에게 원망을 돌리는 건 대체 무슨 경우란 말인가.

'우리 쟁자수들이 지들을 죽이길 했어, 표물을 빼앗길

했어? 왜 우리한테 지랄들이냐고!'

아무튼 그 바람에 표행 분위기는 나날이 안 좋아졌다.

아니, 표사들이야 쟁자수들을 신경 안 쓰면 그만이었으니 여느 표행이랑 다를 바가 없었지만 그런 표사들이 언제 어떻게 폭발을 할지 모르니 쟁자수들은 매 순간이 그야말로 살얼음판 위를 걷는 듯했다.

더구나 사람이란 게 몸이 지치면 신경이 날카로워지기 마련이었다.

표사라고 다를 게 없었다.

표행이 하루하루 이어질수록 신경질이 늘었다.

찬 공기 속에 노숙이라도 하는 날이면 눈에도 말에도 행동 하나하나마다에도 가시가 돋쳐서 상대하는 게 여간 피곤하고 짜증나는 것이 아니다.

오죽했으면 설란이 이런 말을 했겠는가.

"표사란 것들은 원래 다 저렇게 싸가지가 없는 거야?"

원래 다 저렇진 않았다.

전에는 그래도 독한 죽엽청 한 잔과 시시껄렁한 농담으로 그날의 피로를 털었지 쟁자수들에게 신경질을 부려 대진 않았다.

그것이 나름 무인의 격이었고 표사의 멋이었던 것인데, 쟁자수에 대한 멸시 풍조가 워낙에 만연해 있다 보니 자연 그런 분위기에 휩쓸리고 있는 것이다.

다른 표사들이 그러니 임오연이야 오죽하겠는가?

표행을 시작한 지 스무날 째의 일과를 마친 날이었다.

섬서성으로 넘어가는 길목인 하진(河津)을 앞에 두고 노숙을 하게 된 그날 저녁, 여태껏 눈빛으로만 '괴롭혀 줄 테다!'를 외치던 임오연이 결국 행동에 나섰다.

"뭐라고요?"

루하는 자신의 발치에 던져진 은전 주머니와 그것을 던진 임오연을 번갈아보며 이맛살을 팍 구겼다.

"술이 떨어졌다니까, 술이. 죽엽청 좀 사오라고."

이미 혀가 반쯤 꼬인 말투로 빈 술병을 흔들어 대는 임오연이다. 그의 주위로 둘러앉은 세 명의 표사도 얼큰하게 취해 있긴 마찬가지였다.

사실 이런 심부름이 새삼스러울 것은 없었다.

표사들이 쟁자수를 종 부리 듯 부리는 거야 어제오늘 일이 아니었다.

하지만 문제는 거리였다.

이 주위는 지대가 낮은 탓에 황하의 물이 과도하게 흘러들어와 토질이 지나치게 묽었다. 농사를 짓기에도 부락을 형성하기에도 무리가 있어 여기까지 오면서 본 거라고는 끝이 보이지 않는 갈대숲과 진흙뿐이었다.

인가가 있는 마을까지 가려면 적어도 칠십 리는 걸어야 했다.

칠십 리면 아무리 빨리 걸어도 족히 두 시진 하고도 반 시진은 더 걸어야 하는 거리였다.

지금이 유시가 훌쩍 넘은 시간이니 인근 마을에 도착하면 자정일 테고 동이 터올 무렵에야 겨우 돌아올 수 있을 터였다.

'이건 그냥 날밤 까라는 거잖아?'

속이 부글부글 끓어올랐다.

"뭐하고 있어? 얼른 술 사오라니까."

자신이 얼마나 말도 안 되는 심부름을 시키고 있는지 뻔히 알면서도 연신 재촉을 해 댄다.

평범한 심부름 속에 감춘 한 자루 서늘한 비수!

이른바 웃음 속에 비수를 감춘다는 소리장도(笑裏藏刀)의 묘리!

'이것이야말로 괴롭힘의 진수다!' 라며 한껏 득의에 찬 미소를 짓고 있는 저 뻔뻔하고 재수 없는 면상에다가 주먹이라도 한 방 꽂아 버리고 싶었다.

'아니, 이참에 정식으로 비무라도 신청해서 아주 개망신을 줘 버릴까?'

하지만 관뒀다.

불현듯 떠오른 생각에 짜증과 분노가 싹 가셨기 때문이었다.

루하는 오히려 잘 됐다는 표정을 하고는 냉큼 은전 주머니를 주워 들었다.

"돈대로 다 사 오면 되죠?"

사정 좀 봐 달라며 납작 엎드려서 빌 줄 알았던 임오연이다. 눈물콧물 질질 짜며 빌어도 절대로 타협은 없다는 독한 마음으로 시작한, 죽은 동료 표사들에게 보내는 그 나름의 추모였고 비겁함에 대한 응징이었다.

그런데 저 무덤덤한 태도는 대체 뭐란 말인가?

허탈하다 못해 얼떨떨하다.

"잔돈 같은 거 남겨 올 필요 없죠?"

"뭐, 그렇긴 한데……."

얼떨떨하게 대답을 하는 와중에도 뭔가 서운한 기분에 재차 확인을 했다.

"한데, 어디서 사 와야 하는지는 알고 있긴 한 거지?"

하지만 들려온 대답은 명쾌했다.

"당연히 알죠. 아까 오던 길에 들렀던 마을에서 사 오면 되잖아요."

그러고는 주저 없이 걸음을 돌리는 루하다.

그런 루하의 걸음은 조급하다 못해 어딘지 들떠 보이기까지 했다.

'저 자식이 약을 잘못 처먹었나, 왜 저래? 혹시 이대로 내 돈 가지고 튀려는 수작인 거 아냐?'

물론 튀려는 수작은 아니다.

이젠 엄연히 검기로 사람을 상하게 한다는 검기상인(劍氣傷人)의 고수인데 그깟 은전 몇 냥이 탐나서 도둑질이나 해 댈 위치가 아니었다.

그저 달리고 싶었을 뿐이다.

생각해 보니 기본적인 경공술의 요체를 배우긴 했는데 제대로 달려 본 적이 없었다. 기껏해야 인적 없는 오밤중에 마을 공터를 달려 본 게 전부였다.

한번 원 없이 달려 보고 싶었다.

한번 숨이 차도록 달려 보고 싶었다.

그리해 자신이 얼마나 빨라질 수 있는지 시험해 보고 싶었다.

시험의 장소로 칠십 리 길에 이르는 이 드넓은 평원만큼 적합한 곳이 또 없는 것이다.

'신발이 더러워지는 건 좀 귀찮지만…….'

루하는 광활하게 펼쳐진 갈대숲 사이로 길게 나 있는 진흙탕 길을 마주하고는 폐부 깊숙이 찬 공기를 들이마셨다. 그러자 단전의 내공이 그 즉시 꿈틀거리며 반응을 했다.

"그러니까…… 내공을 두 갈래로 만든 다음에 양쪽 다리로 끌어내리면서 혈해, 음릉천을 지나게 하고 삼음교, 상구, 공손, 태백을 순차대로 거친 다음에 엄지발가락의 은백에 모은다. 그리고 모은 내기를 털어낸다는 느낌으로 땅을 박차면……."

파앙—

루하의 신형이 단번에 삼 장 거리를 격하고는 앞으로 튀어나갔다.

진흙탕이라 조금 걱정을 했었는데 전혀 지장이 없다.

"좋아!"

호기롭게 외친 루하는 다시 한 번 요결대로 땅을 박찼다.

파앙—

두 번째는 도약 거리가 처음보다 한 자 정도가 더 길었다.

파앙—

세 번째는 두 번째보다도 또 한 자 정도가 더 길다.

그렇게 한 발 한 발 내디딜 때마다 거리는 점점 더 늘어나고 속도는 점점 더 빨라졌다. 그러다 어느 순간부터는 마치 말에 올라탄 것처럼 주위 경물이 휙휙 지나가기 시작했다.

얼굴에 닿는 공기가 차갑다 못해 따갑다.

귓가에 들리는 바람 소리가 이명처럼 윙윙 울려댄다.

'우와! 이거 기분 죽이잖아!'

정말이지 그간 쌓였던 정신적 육체적 피로가 단번에 다 날아가 버리는 듯한 기분이었다.

왜 돈 많은 도련님들이 좋은 말에 목을 매는지 알 것 같았다.

한밤중에 천지가 울리는 말 울음소리를 내며 미친개마냥 관도를 내달리는 속도광들의 심정을 이제는 좀 이해를 할 수 있을 것 같았다.

그렇게 정말 신나게 달리는 중이었다.

갈수록 빨라졌고 그럴수록 속이 뻥뻥 뚫렸다.

그런데 어느 순간, 달빛밖에 없는 어둠 저편에 듬성듬성 불빛들이 보이기 시작했다.

'설마…… 벌써 다 온 거야?'

아쉬움도 아쉬움이지만 이제 고작 일각 정도밖에 지나지 않았다.

근데 벌써 마을에 도착을 해 버린 것이다.

'일각 만에 칠십 리 길을 달려온 거라고?'

스스로도 빠르다고 생각을 했지만 이건 생각보다 더 빨

랐다.

무려 스무 배의 시간이 단축되었다. 이 정도면 소위 명마라 불리는 말보다도 더 빨랐던 셈이다.

얼떨떨하기도 하고 짜릿하기도 했다.

설란의 말도 새삼 다시 뇌리를 스쳐 갔다.

'금의 정수를 담은 네 내공은 원래보다 몇 배나 무겁고 단단해. 그런 만큼 땅을 박차는 힘 또한 몇 배나 강하고. 네가 도망치기로 작정을 한다면, 장담하는데 이름 꽤나 있는 도적이라도 널 쉽게 잡진 못할 거야.'

설란의 말이야 무조건 믿는 주의긴 했지만 그래도 저건 좀 과장이 아닐까 했었다. 하지만 지금 보니 그게 결코 과장이 아니었던 것 같았다.

'이러다 막 하늘도 붕붕 날아 다니고 그러는 거 아냐?'

한껏 들떠서 이런저런 망상을 하는 사이 마을에 당도했다. 그는 곧장 주점으로 가서 죽엽청을 샀다. 은전 주머니를 던져 줬더니 두 말이나 되는 죽엽청을 건넨다.

"이걸 그냥 짊어지고 가시게요?"

술통이 루하의 몸통보다 더 컸다.

"제가 보기보단 힘 좀 쓰거든요."

걱정하는 주인에게 씨익 웃어준 루하가 술통을 가볍게 들어 올렸다. 두 말의 술이라고 해도 이제 그에겐 공깃돌이나 다를 바가 없었다.

다만 새삼 괘씸한 생각이 들었다.

공깃돌처럼 가볍게 느껴지지 않았을 때라면 어쩔 뻔했을까.

왕복에 걸리는 시간만 해도 족히 다섯 시진은 걸리는 거리인데 거기에 두 말이나 되는 술통까지 짊어져야 했을 걸 생각하면 절로 이가 빠드득 갈릴 지경이다.

'망할 개자식! 괴롭히는 것도 정도라는 게 있는 거지, 이게 대체 무슨 개염병할 짓이냐고!'

어쩐지 그간 너무 조용하다 했다.

'아주 작정을 하고 이런 기회를 노리고 있었던 거구만.'

임오연을 생각하며 이를 빠드득 갈아 부치다 보니 문득 걱정거리 하나가 떠올랐다.

'근데 어쩌지? 분명 그 자식은 내가 새벽이나 되어서야 돌아올 거라 생각하고 있을 텐데?'

이대로 내달리면 왕복 다섯 시진 거리를 단 이각 만에 주파하는 것이다.

임오연이나 다른 표사들이 어떤 반응을 보일지 뻔했다.

'귀찮아지는 건 싫은데…….'

달라진 자신을 다 까발리는 것도 싫었다.

무림인이라면 서 푼은 감추는 것이 철칙이니까.

'그냥 어디서 시간 좀 때우다 가야 하나?'

그런 생각이 잠시 들기도 했지만 이내 고개를 내저었다.

"아니, 내가 왜? 뭐가 무서워서? 내가 왜 그놈들 눈치를 봐? 내가 왜 그놈들 때문에 내 아까운 휴식 시간을 허비해야 해?"

시간을 때우다 가 봐야 더 득의양양해져서 비웃음만 흘려 댈 게 뻔했다.

결국 그냥 빨리 돌아가기로 했다.

그리해 올 때보다도 더 빠른 속도로 내달렸다.

그렇게 술을 사러간 지 이각도 채 되지 않아 루하가 술통을 들고 돌아오자 아니나 다를까 죄다 벙찐 표정을 한다.

"이걸 어떻게…… 대체 어디서 이걸 구해온 것이냐?"

"아까 들렀던 마을에서 사오라면서요? 그래서 냅다 달려서 사 왔죠. 제가 발이 좀 빠르거든요."

"아무리 발이 빠르기로서니 거기까지 거리가 얼만데 벌써…… 그게 말이 되느냐?"

"그게 말이 되지 않으면요? 그럼 설마 저한테 말도 안 되는 심부름을 시키시기라도 하신 거예요? 치졸하게 왕복만 한 다섯 시진은 걸리는 뭐 그런 터무니없는 심부름을 시키고 그러신 건 아니잖아요? 안 그래요?"

"……."

차마 반박은 못 하고 벙어리 냉가슴 앓듯 하고 있는 임오연의 멍청한 얼굴을 보고 있자니 허파가 간질간질거리는 게 자꾸만 히죽히죽 웃음이 난다.

"대체 무슨 수작을 부린 것이냐?"

계속 벙어리 냉가슴 앓듯 하고 있기에는 머릿속 의문이 한가득인지라 임오연이 체면불구하고 그렇게 물었다.

하지만 루하는 시종일관 여유만만이었다.

"거참. 수작이랄 게 뭐 있어요? 내 두 발로 냅다 달려서 사 온 거라니까요. 이 일대가 온통 갈대밭인 건 임 표사님도 두 눈으로 똑똑히 확인하셨을 거 아니에요. 거기 마을 말고는 인근에 술을 받아올 만한 곳이 어딨어요?"

루하의 말은 한 마디도 틀리지 않았다.

그래서 도무지 반박을 할 수가 없다.

그렇다고 불과 이각 만에 왕복 백사십 리 길을 달려왔다는 걸 곧이곧대로 믿을 수야 없는 일 아닌가? 심지어 두 말이나 되는 술통을 들고.

'혹시 표두님들 말이라도 훔쳐 탄 거 아냐?'

그럴 리가 없다.

아무리 간덩이가 부었기로서니 표두들의 말을 훔쳐 탔을 거라곤 생각할 수 없었다. 게다가 표두들의 말은 지금 그가 있는 위치에서 훤히 보이는 곳에 묶어 둔 상태였다. 훔쳐

탈 수도 없거니와 훔쳐 탔다고 해도 그가 먼저 알아차렸을 것이다.

'그렇다고 짐말을 가져다 탔을 리도 없고.'

짐말은 무거운 짐을 실어 나르는 데 특화된 종자다. 짐말로는 애당초 그런 속도가 불가능했다.

짧은 순간 수많은 가정들이 뇌리를 스쳤지만 어느 하나 이거다 싶은 것이 없다.

이젠 그야말로 혼란이다.

술이 싹 다 깼다.

도무지 풀리지 않은 수수께끼에 눈알만 뒤룩뒤룩 굴려 댄다.

그런 임오연의 얼굴을 보는 루하는 속으로 쾌재를 불렀다.

'그래! 바로 이거거든!'

이십 일 정도를 옆에 딱 붙어 지내면서 파악한 임오연이란 사내는 대범, 털털, 시원시원함과는 거리가 아주 멀었다. 그야말로 소심, 옹졸, 집착, 아집, 좀스러움 등등으로 대변되는 인간이었다.

분명 이 난해한 수수께끼를 풀기 전까지는 잠도 제대로 못 잘 것이다.

밤새 돌아가지 않는 머리를 이리저리 굴려 대며 끙끙 앓아 댈 것이다.

다시 말해 날밤 까게 만들려다 날밤 까게 생긴 것이다.

'이런 걸 두고 고상하게 뭐라 하더라…… 상대의 힘으로 상대를 제압하는…… 아! 그렇지! 이화접목(移花接木)!'

그래, 맞다. 상대의 괴롭힘으로 상대를 괴롭히는 괴롭힘의 극의!

'이런 게 바로 괴롭힘의 진수 아니겠냔 말이지!'

루하의 짐작대로였다.

임오연은 그날 날밤 깠다.

그날만 날밤 깐 게 아니라 이튿날도, 그 이튿날도 도무지 풀리지 않는 수수께끼를 부여잡고 밤잠을 설쳤다.

하지만 나오는 답이라곤 하나뿐이었다.

루하의 발이 정말 엄청 빠르다는 것.

'근데 그게 말이 되냐고?'

왕복 백사십 리 길이었다.

그 먼 길을 단 이각 만에 다녀왔다.

단지 발이 빠르다는 말로는 설명이 되지 않는다.

'아니면, 저깟 놈이 무슨 경공의 고수라도 된다는 거야, 뭐야? 벽악채 놈들이 나타나자마자 제 한 목숨 살자고 도망치기에 바빴던 저딴 비겁한 녀석이 무슨 무공을 숨긴 신

비의 고수라도 된다는 거야, 뭐야?'

사흘 밤낮을 거의 잠을 못 잔 탓에 얼굴은 초췌해졌고 눈은 퀭해졌다.

그 퀭한 눈으로 슬쩍 루하를 보자, 그 마음 다 알고 있다는 듯 씨익 득의의 웃음을 한 방 날려 주는 루하다.

"……."

기분 탓일까?

그전까지는 자신의 눈치를 보기 바빴던 쟁자수놈인데, 심부름을 다녀온 그날 이후로 왠지 모르게 당당해진 느낌이다. 오히려 지금은 상황이 역전되어 표사인 자신이 쟁자수 따위의 눈치를 보고 있다.

'내가 왜 저딴 녀석의 눈치를 보고 있는 거지? 뭐가 무서워서? 젠장! 뭐가 어떻게 된 상황인 거냐고!'

도저히 안 되겠다.

임오연은 그날과 똑같은 상황을 만들어서 한 번 더 확인을 해 보기로 했다.

하지만 좀처럼 좋은 기회가 잡히지 않았다.

우선 가는 동안 그날과 같은 광활한 평원이 나타나지도 않았고, 그날 이후로는 줄곧 관도를 따라 표행이 이루어져서 여각에 짐을 풀든 노숙을 하든 가까이에 늘 인가가 있었다.

그렇게 어영부영 시간을 허비하다 보니 어느새 표행의 마지막 관문인 여산이 지척에 이르러 있었다.

여산을 넘으면 바로 서안이었다.

결국 더는 기회만 살필 수 없다 판단한 임오연은 과감하게 생각해 두었던 계획을 강행했다.

"짐을 놓고 왔다고요?"

루하는 이건 또 무슨 자다가 봉창이냐는 표정으로 임오연을 보았다.

여산은 아니지만 여구(驪口), 즉, 여산의 입구라고 불리는 어느 야트막한 야산이었다. 지금까지 중에 가장 고단하고 가장 위험할 내일의 강행군을 위해 재정비를 겸해서 초저녁 무렵에 일찍 그곳에 행장을 푼 만수표국이다.

덕분에 오늘 하루는 좀 푹 쉬겠구나 했던 참인데, 짐을 가져다 달라니? 그것도 점심 끼니를 해결했던 객잔에 두고 왔다고 한다.

"그러니까 저더러 거기 해원객잔까지 가서 임 표사님 짐을 가지고 오라는 거예요? 지금?"

여기서 해원객잔이면 팔십 리가 넘었다. 전날 술심부름을 했던 거리보다 훨씬 더 멀었다.

"바로 그런 거지. 자네도 아까 표국주님 말씀을 들어서 알겠지만 혹시 있을지 모를 내일의 전투를 위해서 표사들은 지금부터 개인 정비에 들어가야 한단 말이지. 그래서 참 안타깝게도 내가 직접 짐을 찾으러 가질 못해. 그 짐 속에는 나한테 정말 소중한 것들이 잔뜩 들어 있는데 말이야. 그러니 자네가 대신 좀 가져다줬음 하는군. 내 이렇게 부탁 좀 하지."

지금까지와는 다르게 정중한 부탁이었다.

거절할 명분도 없었다.

임오연의 말대로 표국주가 표사들에게 세심한 개인 정비를 당부하는 말을 그도 들었으니까. 표사들이 바쁠 때 쟁자수가 일손을 돕는 것은 지극히 당연한 일이니까.

하지만 여기 야트막한 야산만큼이나 얕은 속내가 빤히 다 보였다.

'아무리 머리를 굴려도 답이 나오지 않으니까 그 두 눈으로 직접 확인을 해 보시겠다?'

자신이 생각했던 것보다 더 혼란스러워하고 더 집착을 하는 모습을 보며 어차피 이런 일이 있을 거라 예상은 하고 있었다. 그래서 별반 새삼스럽지도 않았다.

잠시 뭔가를 생각하던 루하가 이내 이번에도 흔쾌히 승낙을 했다.

"좋아요. 제가 가져다 드리죠, 뭐."

루하의 흔쾌한 승낙에 옳다구나 싶은 임오연이다.

"그래. 그래 준다면 정말 한 시름 덜겠구만."

그러고는 믿는다는 듯 루하의 어깨를 툭툭 두드려 주고는 짐짓 분주한 척 내일 입을 철갑보호구의 상태를 살피기도 하고 검을 꺼내어 닦기도 한다.

그렇게 딴청을 피우다 루하가 산을 내려가자 그 즉시 멀찍이 거리를 두고 루하의 뒤를 밟았다.

물론 그 같은 임오연의 움직임을 루하는 훤히 꿰고 있었다.

'뭐가 저렇게 어설픈 거냔 말이지. 이건 뭐 내 손발이 다 오그라들잖아.'

짐짓 딴청을 피워 대는 것부터 뒤를 밟는 것까지, 누가 초보 표사 아니랄까 봐 어쩜 저렇게도 어설픈 티 팍팍 내는 건지, 이건 모른 척하는 게 더 힘들 지경이다.

'저렇게까지 안 해도 애초에 따돌릴 마음 같은 건 먹고 있지도 않았다고.'

처음에는 따돌릴 생각을 하긴 했었다.

그리고 마음만 먹는다면 저런 어설픈 초짜 따위 얼마든지 따돌릴 수 있었다.

하지만 이내 생각을 바꿨다.

어차피 자신이 가진 능력을 이용해서 인생 한번 때깔 나게 살아 보고자 마음먹은 그였다. 그러니 언제고 밝힐 일이었고 밝혀질 능력이었다.

굳이 피곤하게 피하고 숨길 필요가 없는 것이다.

생각해 보니 삼 푼은 감춰야 한다는 무림의 철칙에도 위배되는 것이 아니었다.

고작해야 경공술 하나다.

검기와 금의 정수, 그리고 조화지기까지.

과연 그 모든 엄청난 것들 중에서 경공술이 차지하는 비중이야 얼마나 되겠는가 말이다.

'그러니까 까짓 경공술 하나쯤 보여 아무 상관 없다 이 말이지.'

그래서 이왕지사 이렇게 된 거 한 번 화끈하게 보여 주기로 결심을 했던 것인데, 그것도 모르고 저런 낯 뜨거운 짓을 벌이고 있는 것이다.

'혼자 아주 삽질을 하고 있구만.'

루하는 친절하게도 손발이 오그라드는 고통을 감내하며 임오연이 조금 더 가까이에 올 때까지 잠시 더 기다렸다.

그리고 임오연이 지척까지 이르렀을 때, 임오연이 몸을 숨긴 바위 쪽으로 홱 고개를 돌렸다.

순간 바위 뒤에서 빼꼼히 고개를 내밀던 임오연과 눈이 딱 맞았다.

"……!"

이 순간 임오연의 표정은 정말이지 가관이었다.

퀭한 눈은 더 커질 수 없을 만큼 커졌고 쩍 벌린 입에선 목젖이 다 보였다. 그리고 그대로 바위처럼 굳었다. 바위가 임오연인지 임오연이 바위인지 모를 정도로.

'이제 좀 괜찮네. 그래, 모름지기 미행을 하려면 그 정도의 은신술은 익혀 두는 게 기본 아니겠어?'

칭찬의 의미로다가 기분 좋게 씨익 웃어 주었다.

물론 그걸 칭찬의 의미로 받아들였는지 어쨌는지는 모르겠지만.

루하는 더는 지체하지 않았다.

"자, 구경을 왔으면 내 발이 얼마나 빠른지 두 눈 똑바로 뜨고 봐 두시라고요. 그렇다고 너무 놀라 자빠지지는 마시구요."

그렇게 한 마디를 던져 줌과 동시에,

파앙—

땅을 박찼다.

그리고 임오연은?

루하의 애정 어린 충고가 무색하게 놀라 자빠졌다.

눈으로 보고도 도무지 믿기지 않았다.

꿈이라도 꾸고 있는 것만 같았다.

경공술이라는 것은 단지 경공술만 익힌다고 빨라지는 것이 아니었다.

빨라지기 위해서는 절대적인 명제 하나가 필요했다.

바로 내공이다.

그리고 저 정도 경공술의 바탕이 되는 내공이라는 건 그가 감히 측량할 수도 없는 수준이라는 것이다.

"저 녀석이 그럼 정말 정체를 숨긴 신비 고수라도 된다는 거야? 저따위 쟁자수가? 도적들이 무서워서 제일 먼저 내빼던 겁쟁이 놈이?"

경악 불신 회의 등등…… 이 순간 임오연의 머릿속은 혼란을 넘어 그야말로 혼돈 그 자체였다.

第八章

에라, 모르겠다! 될 대로 되라지!

한편 산길을 가로질러 해원객잔까지 단숨에 달려가서 임오연의 짐을 챙긴 루하는 곧 보게 될 임오연의 반응을 생각하며 혼자 키득거렸다.

그동안 범 무서운 줄 모르고 까불어 댔던 하룻강아지를 어떻게 요리하면 조금이라도 더 통쾌할지 요렇게도 괴롭혀 보고 저렇게도 괴롭혀 보며 마음껏 상상의 나래를 펼쳤다.

그런데 그렇게 즐거운 상상을 하며 돌아와 보니 어쩐 일인지 호랑이의 처분만을 기다리며 벌벌 떨고 있어야 할 하룻강아지가 보이지 않았다.

'설마 내가 저를 죽이기라도 할까 봐 도망이라도 친 거

야?'

그러나 그런 의심은 이내 사라졌다.

그때 마침 정체 모를 소란이 귀를 파고들었기 때문이다.

그건 난데없이 병장기 부딪치는 소리였다.

"뭐야? 도적이라도 나타난 거야?"

아무것도 없는 이런 야산에 웬 도적인가 싶었다.

아니, 요즘이야 길가에도 널린 게 도적이니 이런 야산이라고 해서 도적이 없으리란 법은 없지만, 그게 도적들이 맞다면 참 멍청한 도적들도 다 있다.

"아무리 목구멍이 포도청이라고 해도 그렇지, 누울 자리를 보고 다리를 뻗어야지 하필이면 이런 대규모 표행에 겁도 없이 숟가락 얹을 생각을 할 게 뭐냔 말이지."

이런 야산에서 도적질하는 도적들이라면 그 규모며 면면들이야 안 봐도 뻔했다.

어디 구색이나 제대로 갖췄겠는가.

'곡괭이나 안 들었으면 다행이지.'

하지만 그런 안일한 생각 또한 이내 사라졌다.

거리가 가까워지면 가까워질수록 귀를 울리는 소란이 심상치가 않았다.

'이거 그냥 별 볼 일 없는 도적패가 아닌데?'

들리는 소리만으로도 상황이 얼마나 흉흉한지 쉽게 짐작

할 수 있을 정도로, 시간이 지날수록 병장기 부딪치는 소리는 더 날카롭게 야공을 울렸고 그 속에 섞인 신음과 비명, 기합과 함성은 더욱 살벌해지고 있었다.

루하는 본능적으로 걸음을 멈췄다.

습관이란 것이 참 무서워서 위험을 감지한 순간 달아날 궁리부터 하게 된다. 그러나 그전처럼 숨거나 도망치지는 않았다. 오히려 잠시 멈췄던 걸음을 더욱 빨리해 전장으로 향했다.

그렇게 그의 걸음을 재촉하는 것은 달라진 자신감도 아니었고 강해진 자만심도 아니었다.

설란이었다.

저도 모르게 쌓인 그간의 정 때문인지 아니면 자신의 인생을 바꿔 줄 동아줄이어서인지는 그 스스로도 명확히 설명할 수 없었지만, 아무튼 지금 이 순간 그의 뇌리를 가득 채우고 있는 것은 설란의 안위에 대한 걱정과 그로 인한 불안감뿐이었다.

그렇게 급히 달려서 전장에 도착하고 보니 상황은 짐작했던 것보다 더 심각했다.

여기저기 시체들이 흉측한 모습으로 널브러져 있었고 그 중 몇 구는 만수표국 표사들의 것도 있었다.

피 냄새는 진동하고 치열한 살기가 전장을 가득 채운다.

여기저기 터져 나오는 살기등등한 외침들과 섬뜩한 죽음의 소리들이 정신을 아찔하게 만든다.

엉망진창이었다.

미처 방비할 틈도 없이 기습을 당한 것인지, 표사들은 진법은커녕 제대로 된 대형도 갖추지 못한 채 뿔뿔이 흩어져서 힘겹게 도적들을 상대하고 있었다.

"모여! 모여서 대열을 유지해!"

"대열 유지! 대열 유지!"

표두 하나가 그렇게 외치자 여기저기서 연신 복명복창이 이어졌지만 그마저도 공허한 복명복창일 뿐이다.

죄다 두 명 세 명의 도적들한테 발이 묶여서 꼼짝달싹을 하지 못했다. 더욱 난감한 노릇은 수적 열세도 심각하지만, 어떻게 된 영문인지 표사들이 이깟 야산의 도적들을 개개인의 실력으로도 전혀 압도하지 못하고 있다는 것이다.

'대체 이게 다 어떻게 된 거야? 이런 도적패가 대체 어디서 나타난 거야?'

도무지 이해가 안 된다.

고작 이런 야산에 이 정도 규모와 실력을 갖춘 도적패라니?

그러나 그런 의문은 표국주 조철중과 총표두 곡운성을 본 순간 말끔히 해소되었다.

정확히는 조철중과 곡운성을 상대하고 있는 세 명의 사내를 보고서야 깨달았다.

'여산삼귀?'

표행 전에 여산의 산채 두령들에 대한 인상착의 정도는 대강 숙지를 해 둔 상태였다. 그렇게 숙지해 둔 여산삼귀와 지금 만수표국 최고의 고수들을 상대로 합벽진을 펼치고 있는 세 명의 도적들은 인상착의가 완벽하게 일치하고 있었다.

'그럼 이것들이 전부 다 천풍채야? 하지만 천풍채의 도적 수가 이렇게 많을 리가 없는데?'

그 의문도 표두 장하성을 거의 일방적으로 몰아붙이고 있는 말상의 사내를 확인하고는 이내 풀렸다.

'마면귀(馬面鬼) 적충(寂充)?'

마면귀 적충이라면 천풍채 다음으로 여산에서 악명이 높은 혈응채(血鷹寨)의 두령이었다.

'그러니까 뭐야? 우리를 치려고 천풍채랑 혈응채가 연합을 한 거야? 그걸로도 모자라 여기까지 쳐들어와서 기습을 한 거고?'

그제야 모든 상황이 명확해졌다.

'그러게 내 이럴 줄 알았다니까. 동네방네 떠들어 대며 올 때부터 뭔가 사단이 나도 단단히 날 줄 알았다니까. 도대체가 허락도 없이 남의 집 곳간을 열러 가면서 그렇게 떠들썩하게 소란을 떨면 어느 집 집주인이 그걸 가만히 보고만 있겠냐고!'

녹림이든 표국이든 이 바닥이란 게 세상에 얕잡아 보이면 밥 벌어먹고 살 수가 없는 것이 생리였다. 이대로 만수표국이 여산을 무사 통과하게 되면 세상이 여산을 아주 우습게 볼 텐데 그걸 가만히 두 눈 뜨고 지켜볼 리가 없는 것이다.

아무리 사건사고 하나 정도는 터져 주는 게 표국에 도움이 된다지만, 그래서 표국주는 내심 이런 상황을 바라고 있었다지만 이건 너무 위험천만이다.

만수표국이 여기까지 느긋하게 오는 동안 그들이 얼마나 철저하게 준비를 했겠는가 말이다.

연합과 기습이 전부일 리가 없었다. 분명 또 다른 준비가 되어 있을 것이다.

'내가 여산삼귀나 적충이었다 해도 분명 그렇게 했을 테니까.'

아니나 다를까, 또 다른 준비가 있었다.

어떤 사내였다.

전장의 한편에서 무심한 듯 무감정한 눈빛을 전장으로 던지고 있던 초로의 사내.

이 모든 소란으로부터 한발 비껴서 있었기에 루하는 그 존재조차 미처 인식하지 못하고 있었다. 그런데 치열한 접전들 속에서 유일하게 확실한 우위를 보이고 있던 표사 장규가 마침내 그의 상대를 향해 마지막 일격을 가하려는 순간이었다.

초로의 사내가 성큼 전장으로 발을 내디뎠다. 발을 내딛는다 싶은 순간 이미 사내의 신형은 장규의 코앞에 이르러 있었고 이에 놀란 장규가 본능적으로 칼을 날렸다.

그런데 그 순간 사내의 손이 마치 뱀처럼 장규의 칼을 타고 올랐다.

"헛!"

그 예상치 못한 공격에 장규가 급히 헛바람을 토하며 몸을 뒤로 빼려 했다. 하지만 사내의 손이 먼저였다. 장규가 미처 몸을 뒤로 빼기도 전에 칼을 타고 오른 사내의 손이 너무도 간단하게 장규의 얼굴을 움켜쥔 것이다.

순간,

치지지직!

무언가 타는 소리가 들리고,

"끄아아아악!"

비명이 터졌다.

표사들 중에선 가장 강하다고 알려진 장규가 반격 한 번 제대로 해 보지 못한 채 비명을 질러 대며 고통에 몸부림치고 있었다.

그 몸부림조차 얼마 가지 못했다.

꿈틀꿈틀.

소름 끼치도록 처절하고 그러면서도 무기력한 경련의 끝에 사지를 축 늘어뜨리고 만다.

그제야 사내의 손아귀에서 벗어난 장규의 신형이 털썩 맥없이 무너져 내렸다.

죽은 것이다.

방금 전까지만 해도 생생히 살아 있었던 장규가 그렇게 허무하게 생을 마감해 버린 것이다.

더욱 간담을 서늘하게 만드는 것은 죽은 장규의 얼굴이었다.

마치 기름에 튀겨진 것처럼 벌겋게 변한 얼굴은 보기 흉하게 일그러져 있었다. 거기에선 매캐하게 타는 냄새까지 났다.

그것이 뜻하는 바는 하나였다.

초로의 사내가 이런 도적들의 무리에 끼어 있어서는 안 되는 엄청난 내가의 고수라는 것.

'저런 고수가 왜 여기에 있는 거냐고!'

그야말로 놀라서 심장이 다 벌렁벌렁 거렸다.

'이거 진짜 위험하잖아?'

사실 상황이 흉흉하게 흘러가고 있었지만 지금까진 마음에 여유가 있었다.

도적들의 기습에 당장 대열은 흐트러지고 손발을 허둥대는 표사들이었지만 안정만 찾으면 금세 다시 대열을 정비해서 도적들을 몰아낼 수 있을 거라 생각했다. 국주 조철중과 총표두 곡운성만 해도 여산삼귀를 상대로 미세하긴 하지만 조금씩 우세를 점해 가고 있는 중이었다.

그런데 초로의 사내가 등장한 순간, 그 사내가 단 한 수로 신위를 떨쳐낸 순간 모든 것이 변했다.

승기가 완전히 사라졌다.

그 압도적인 강함 앞에 표사들의 얼굴은 흙빛으로 변했고 반대로 도적들은 한껏 사기가 충천해서 표사들을 몰아쳐댔다.

지금 이 순간에 루하가 해야 할 행동은 하나였다.

설란을 데리고 이 죽음의 장소를 벗어나는 것이다.

그는 급히 주위를 살폈다. 그리고 어렵지 않게 설란을 찾았다.

설란은 그녀가 담당하고 있던 열세 번째의 수레 아래 잔뜩 몸을 웅크리고 있었다.

곧장 설란에게 달려갔다.

“대체 여기서 뭐하고 있는 거야? 도적들이 나타나면 일단 몸부터 피하라고 했잖아!”

“네가 안 돌아오고 있는데 나 혼자 어떻게 도망을 가?”

설란의 반박에 순간 어떤 뭉클함이 느껴지긴 했지만 그것도 잠깐, 루하는 설란에게 손부터 내밀었다.

“알았어. 알았으니까 어서 나오기나 해. 일단 여기부터 벗어나야 해. 안 그럼 다 죽을 거야.”

“알아. 상대가 홍염마수(紅炎魔手) 이우경(李優炅)이라면 승산이 없지. 지금 네 실력으로도.”

순간 루하가 움찔했다.

“홍염마수? 아까 그자가 홍염마수 이우경이라고?”

알고 있다.

어찌 모를까.

한때 팔공산의 패주를 자처하며 단숨에 여섯 개의 산채를 집어삼켰던 인왕채(人王寨)의 두령이었다.

팔공산의 패주라는 것은 녹림십팔채와 장강수로채를 제외하고 소속이 없는 낭인 도적들의 정점이라는 뜻이다.

비록 이 년 전 녹림칠패의 하나인 금강야차(金剛夜叉) 담웅(潭熊)에게 패해 지위도, 인왕채도 모두 잃고 팔공산을 떠나야 했다지만 홍염마수 이우경이란 이름마저 퇴색된 것은 결코 아니었다.

특히 그의 성명절기인 홍염장(紅炎掌)은 노화순청의 경지에 이르러 무쇠마저 녹인다고 알려져 있었다.

루하의 시선이 새삼 이우경을 찾았다. 그런데 바로 그때였다.

"야! 너 뒤! 피해!"

갑작스럽게 들려온 설란의 다급한 외침에 루하가 급히 고개를 돌렸다.

그 순간 시야에 들어온 것은 도적이었다.

언제 다가왔는지 딱 산도적 같이 생긴 도적 하나가 족히 열다섯 근은 넘을 듯한 박도(朴刀)를 루하의 머리를 향해 내리쳐오고 있었다.

피하고 자시고 할 틈이 없었다. 이미 서슬 퍼런 박도가 거의 이마에 닿을 듯이 가까이에 이르러 있었다. 그 순간 루하가 할 수 있는 거라곤 그저 본능적으로 팔을 들어 올리는 것뿐이었다.

당장이라도 서슬 퍼런 박도에 팔이 잘려 나갈 것 같은 순간이었다. 스스로도 팔을 들어 올리며 '아차!' 했었다. 그런데,

깡—!

살과 뼈로 되어 있는 팔과 박도가 부딪쳤는데 '서걱' 이 아니라 '깡' 이었다.

심지어 팔과 충돌한 박도가 반 토막이 나며 튕겨 날아갔다.

"철포삼?"

도적이 자신의 부러진 박도와 루하의 팔을 번갈아보며 경악한 표정으로 그렇게 중얼거렸다.

지금 이 순간 그가 떠올릴 수 있는 것은 철포삼밖에 없었다.

하지만 아무리 철포삼이 몸을 무쇠처럼 단련하는 무공이라지만 살가죽이 정말로 무쇠가 되지는 않을 텐데 이 금속음은 대체 뭐란 말인가?

찰나간 수많은 의문들이 도적의 뇌리를 스쳐 갔다.

그러나 대답해 줄 사람은 아무도 없었다.

루하마저도 뭐가 어떻게 된 건지 알지 못했다.

아니, 뭐가 어떻게 된 건지 신경 쓸 겨를이 없었다.

죽을 뻔했다.

'깡' 이 아니라 '서걱' 이었으면 팔이 잘려 나간 정도로 끝나지 않았을 것이다. 도적의 박도가 팔을 잘라 낸 그 힘 그대로 그의 두개골마저 반으로 갈라 버렸을 것이다.

간담이 서늘하다 못해 오줌마저 찔끔거렸다.

이 순간 루하는 아무것도 생각할 수 없었다.

잘려 나간 소매의 틈새로 박도와 부딪친 팔 부위가 그의 검처럼 검게 변했다는 것도, 검게 변한 부위가 이내 다시 제 색깔을 찾았다는 것도, 그것이 왜 그렇게 되었는지조차 생각하지 않았다. 그럴 만한 여유도 경험도 없었다.

이대로 있으면 죽는다는 공포.

살아야 한다는 일념.

그 절체절명의 순간에 머리가 아니라 몸이 먼저 움직였다.

검을 뽑았다.

그리고 온 힘을 다해 검을 도적에게 뿌렸다.

수없이 반복했던 만큼 검은 빨랐고 긴박한 순간에 터져 나온 일격인 만큼 거기에 실린 힘은 그야말로 노도와 같았다.

루하의 공격에 도적이 급히 부러진 박도로 루하의 검을 막아 보지만 노도처럼 밀려드는 힘은 한낱 이름 없는 도적 따위가 항거할 수 있는 것이 아니었다.

쾅!

천지를 뒤흔드는 폭음.

"끄아악!"

야공을 찢는 섬뜩한 죽음의 단말마.

하지만 그것으로 끝이 아니었다.

콰콰콰콰콰콰콰콰!

일격에 실린 여력은 사방을 흙먼지로 만들고도 모자라 도적을 거의 십 장 가까이 밀어내고서야 생명을 다했다.

털푸덕.

루하의 일격을 온몸으로 받아 낸 도적은 당연히 이미 산 자가 아니었다.

생애 첫 살인, 하지만 그 충격을 제대로 느껴 볼 새도 없었다.

"거, 검강!"

누군가의 입에서 경악한 외침이 터져 나오고 그 순간 치열하게 생사투를 벌이던 전장이 마치 시간이 정지한 것처럼 멈췄다. 그리고 모두의 시선이 일제히 루하를 향했다.

놀라기는 루하도 마찬가지였다.

당연히 검강은 아니다.

검기다.

그러나 이전과는 확연히 다르다.

검기가 처음 발출되었던 날, 그때는 분명 뻗어나간 거리가 삼 장 정도였다. 그리고 그날 이후로는 검기를 검에 담는 것에만 집중을 하느라 지금처럼 있는 힘껏 뿌려 본 적이 없었다.

그 사이 몇 배나 강해졌다.

'내공은 크게 달라진 게 없는데?'

기껏해야 아주 조금 늘어나고 아주 조금 더 단단해진 정도다.

그 아주 조금의 차이가 이런 변화를 가져왔다는 것은 도무지 납득이 되지 않는다.

루하가 어리둥절한 눈으로 설란을 보았다.

하지만 설란이라고 모든 것을 알고 있는 것은 아니었다. 그녀 역시 놀란 눈을 깜빡거리고 있기는 마찬가지였다.

그런데 그때였다.

"이거…… 이런 곳에서 이런 고인을 만나게 될 줄은 미처 몰랐군."

갑자기 등 뒤에서 들려온 무덤덤한 목소리에 루하가 화들짝 놀랐다.

생소한 목소리지만 그게 누구의 것인지는 바로 알아차렸다.

'홍염마수…….'

돌아보니 아니나 다를까 홍염마수 이우경이 서 있었다.

"그 나이에 검기를 이 정도까지 다룰 수 있다라…… 이런 삼류 표국에는 어울리지 않는 자로군."

"그쪽도 뭐 이런 삼류 도적패와는 그닥 어울리는 분은 아닌 것 같은데요?"

자신을 마주하고도 이런 농을 던져올 거라고는 미처 예

상치 못했던 이우경이 흠칫한다.

흠칫하기는 루하도 마찬가지다.

이런 상황에서 저런 고수를 상대로 이렇게 능숙한 받아치기라니.

'나…… 좀 대단한데?'

돌이켜보면 이런 적이 전에도 있었다.

광랑채의 구양수와 마주했을 때, 그 죽음의 순간에도 한 자락 미소를 던져 주었다.

초연하고 당당한, 그리고 멋스러운…….

물론 현실은 초연이나 당당함과는 거리가 먼, 비굴하기 그지없는 미소였었지만 루하는 아직도 그때 자신이 정말 멋있었다고 생각하고 있었다.

'그러고 보면 나란 남자, 위기의 순간에 더욱 빛을 발하는 그런 남자였던 거야?'

전혀 아니다.

지금만 해도 내뱉은 말과는 다르게 잔뜩 겁에 질린 얼굴이었다. 얼마나 겁을 먹었는지 눈가며 입가가 실룩실룩 경련까지 일어나고 있었다.

굳이 표현을 하자면 위기 때마다 착각에 빠지는 그런 남자라고나 할까?

그렇다고 해도 상황의 심각함마저 망각하고 있는 것은

아니었다.

이 눈앞의 사내가 얼마나 무서운 인물인지, 장규의 최후가 어떠했는지 생생히 기억하고 있었다.

더구나 자신이 만들어 낸 검기의 폭풍을 보고도 아무런 거리낌도 없다. 태연하고 여유롭다. 그건 그 정도 검기는 이 사내에게 아무런 위협이 되지 않는다는 뜻이었다.

자신이 어찌해 볼 수 있는 상대가 아니다.

피해야 했다.

'하지만 어떻게?'

혼자라도 과연 이곳을 무사히 빠져나갈 수 있을지 장담할 수 없는 상황인데 그에게는 설란까지 딸려 있었다.

과연 설란을 데리고 이우경으로부터 도망칠 수 있을까?

'어림도 없겠지?'

아니면 차라리 죽기로 싸우다 보면 뭔가 길이 열릴까?

'길이 열리기 전에 먼저 내가 죽을걸?'

루하가 그렇게 속으로 이런저런 방법들을 강구하고 있을 때였다.

"내가 시간을 끌어 볼 테니까 넌 도망가."

"……?"

설란이었다.

설란이 그렇게 한마디 던지고는 허리띠를 풀었다.

그런데 허리띠라고 생각했던 그것은 허리띠가 아니었다.

연검이었다.

챠아앙—

연검이 청명한 소리를 내며 곧게 펴지는 순간, 설란이 이우경을 향해 신형을 날렸다.

대답할 틈도 말릴 새도 없었다.

“뭐, 뭐하는 거야!”

뒤늦게 놀라서 소리 쳤을 때는 설란은 이미 이우경과 어우러지고 있었다.

그런데 그 모습이 놀랍도록 표홀했다.

늑대처럼 사납지도 호랑이처럼 압도적이지도 않았지만 날다람쥐처럼 날렵했고 살쾡이처럼 날카로웠다.

설란으로부터 검을 배웠지만 정작 설란의 검을 본 적은 단 한 번도 없었다.

의선가의 장녀이니만큼 한 수는 가지고 있을 거라 막연히 짐작은 하고 있었지만 이건 생각 이상이었다.

무공에 대해 잘 모르는 그가 보기에도 설란의 검술은 대단해 보였다. 이우경조차 끊임없이 이어지는 설란의 변화무쌍한 공격에 꽤나 당혹스러워하는 모습이었다.

그러나 그건 잠깐이었다.

루하만 보고 있다가 갑작스럽게 튀어나온 털보 사내의

공격이 예상 외로 날렵하고 날카로워서 잠시 당황을 했던 것뿐이다.

이내 평정을 찾고는 설란의 변화무쌍한 검을 여유롭게 막아 낸다.

그래도 다행인 것은 설란의 움직임이 워낙에 표홀해서 당장에는 이우경도 확실한 해법을 찾지 못하고 있다는 것이다.

하지만 그것도 그리 오래 걸릴 것 같진 않았다.

도망을 치려면 지금밖에 없었다.

잠시 유혹을 느끼기도 했다.

그러나,

'아무리 그래도 사나이 자존심이 있지, 고작 저런 쪼그만 여자앨 제물 삼아서 목숨 줄 챙기는 건 너무 쪽팔리잖아!'

에라, 모르겠다!

될 대로 되라지!

"그래, 한번 죽어 보자고!"

루하는 두 눈 질끈 감고 이우경을 향해 달려들었다.

"너, 뭐하는 거야?"

"보면 몰라? 도와주러 왔잖아!"

"그니까 왜 도와주러 온 거냐고! 도망가랬잖아!"

"널 냅두고 나 혼자 어떻게 도망을 가!"

루하의 대꾸에 순간 설란이 토끼 눈을 했다.

이 위급한 상황에는 어울리지 않지만 조금 감동받았다.

왠지 얼굴도 화끈거려 왔다.

하지만 감동은 잠깐이었다.

그 뒤는 그저 답답함과 짜증이었다.

"야! 비켜! 아니, 그쪽 말고! 뭐하는 거야? 그냥 무식하게 휘두르지만 말고 생각을 해, 생각을! 거긴 왜 있어? 내 발은 왜 밟아! 거기 있지 말라니까! 비키라고!"

아주 환장하겠다.

이건 도와주러 온 게 아니라 방해를 하러 왔다고 하는 게 맞았다.

그도 그럴 것이 동네 주먹패의 패싸움이라면 모를까, 무인들의 합공이란 서로간의 호흡이 생명이었다.

오랜 시간 손발을 맞추어 서로의 성향과 서로의 검로을 훤히 꿰고 있다면 하나 더하기 하나가 넷이 되기도 하고 여덟이 되기도 할 테지만 그렇지 않다면 하나 더하기 하나는 반(半)이 되기도 하고 무(無)가 되기도 한다.

지금 루하와 설란이 딱 그랬다.

설란이야 루하의 성향이나 검로를 훤히 꿰뚫고 있다지만

설란의 검을 아예 오늘에서야 처음 본 루하는 설란의 빠른 속도와 변화에 전혀 대비를 못 하고 있었다.

예측과 대비야말로 합공의 요체인데 그게 전혀 되질 않으니 매번 진로를 막기 일쑤고 번번이 검로를 방해하고 만다.

그러다 보니 설란의 검은 더 이상 다람쥐처럼 날렵하지도, 살쾡이처럼 날카롭지도 못했다.

당연하게도 그로 인해 가장 덕을 보는 것은 이우경이다.

사실 이우경은 루하가 합류하기 전까지만 해도 설란의 변화무쌍한 검술에 상당히 애를 먹고 있는 상황이었다. 설란을 상대로 우세를 점하고 있긴 했지만 그 예측 불허한 움직임에 대한 해법을 좀처럼 찾지 못하고 있었다.

홍염장이 아무리 강력하다고 해도 상대에게 닿아야 그 위력이 발휘가 될 텐데 정말이지 미꾸라지처럼 요리조리 잘도 빠져나간다. 적극적으로 공격을 해 오지도 않는다. 일부러 허를 보여 유인을 해 보기도 했지만 소용없었다.

연검이 닿을 수 있는 거리와 그의 팔이 닿을 수 없는 거리를 정확히 계산해서 철저히 그 간격 안에서만 움직였다.

대체 어디서 이런 자들이 나타났는지 궁금했다.

한때 인왕채에서 한솥밥을 먹은 인연을 내세워 마면귀적충이 도움을 청해 왔을 때만 해도 바람이나 쐬자는 가벼운 마음이었다.

그렇잖아도 금강야차 담웅과의 혈투에서 당한 내상이 마침 완치가 된 참이었고, 적충이 약속한 표물의 절반도 소일거리의 대가치고는 꽤 구미가 당겼던 것인데, 막상 와서 보니 이건 소일거리 수준이 아니었다.

채 약관도 안 된 소년은 검기를 검강처럼 뿌려 대고, 어이없을 정도로 변장한 티를 팍팍 내고 있는 털북숭이 소녀의 검에선 그야말로 명문의 향기가 물씬 풍긴다.

'대체 어디가 삼류표국이라는 건지…….'

설란이 알짱알짱거리면서 잡힐 듯 잡힐 듯 애를 태워 댈 때는 울컥 치미는 짜증에 괜히 애꿎은 마면귀 적충을 욕하기도 했다.

그런데 루하가 끼어들면서 상황이 급변했다.

정말이지 말도 안 되는 합공이었다.

너무 말도 안 되게 엉망진창인 합공에 순간 '혹시 함정이 아닐까?' 라는 생각마저 들었을 정도였다.

하지만 혹시 모를 위험에 대비하며 조심스럽게 살펴본 결과 금방 함정이 아니란 것을 알았다.

연기라고 하기엔 너무 어설펐고 함정이라고 하기엔 너무 조잡했다. 도대체가 저 엉망진창 뒤죽박죽인 합공에 무슨 노림수가 있겠는가 말이다.

촌극도 이런 촌극이 없다.

서로 간에 호흡이 안 맞는 것도 안 맞는 거지만 가장 근본적인 문제는 검기를 검강처럼 뿌려 대는 소년이었다. 마치 검을 처음 잡은 것처럼 아예 합공의 기본이 안 되어 있다. 합공은 물론이고 평생 대련 한 번 해 본 적이 없는 것처럼 간격도 모르고 힘의 분배도 모른다.

마치 어느 날 갑자기 하루아침에 벼락부자가 된 졸부가 돈 쓰는 법을 몰라서 돈지랄만 해 대는 것처럼.

확신이 섰다.

함정이 아니다. 그리고 저 소년은 겉만 요란했지 속은 텅텅 빈 생초짜다. 그리고 그 생초짜 덕에 지금까지 설란의 간격 속에서만 이루어지던 공방이 순간순간 자신의 간격 속으로 들어온다.

확신이 선 이상 망설일 이유가 없다.

함정일까 두려워할 필요도, 소년의 검기를 신경 쓸 이유도 없다.

그동안 눈앞에서 알짱거리며 신경을 긁어대던 짜증 나는 모기를 치워 버릴 것이다.

금제가 풀린 홍염장이 얼마나 무서운 것인지 그 진면목을 골수에 사무치도록 뼈저리게 느끼게 해 줄 것이다.

다른 거추장스러운 것들은 싹 무시했다.

오직 설란만 보았다.

그리고 기회가 왔다.

깡—!

어처구니없게도 이젠 하다 하다 루하가 설란의 검마저 쳐내 버린 것이었다.

"뭐해!"

"아, 미안."

사과로 끝날 문제가 아니었다.

그 예기치 못한 상황에 비틀 중심을 잃은 설란이었고 그것이 결국 이우경에게 간격을 내주는 빌미를 제공해 버렸다.

산전수전 다 겪은 노련한 이우경이다.

찰나 간에 벌어진 상황이라 해도 그 기회를 놓칠 위인이 아니었다.

땅을 박차며 순식간에 설란을 자신의 간격 속으로 끌어들였다.

'죽인다!'

진득하게 피어오르는 살심, 그리고 그보다 더 진한 홍염의 강기가 그의 손바닥을 붉게 물들인다 싶은 순간 그것은 이내 거친 파도가 되어 설란을 향해 뻗어갔다.

절체절명의 순간이었다.

그 흉흉한 공격에 설란은 아무런 방비도 할 수가 없었다. 그도 그럴 것이 루하의 검은 검기를 가득 머금고 있었다. 살짝 닿았다고 해도 그 충격은 기혈이 진탕될 만큼 강력한 것이었다.

신형을 바로잡기도 벅찬 상태, 그런 상태로 이우경의 공격을 막기에 이우경의 홍염장은 너무도 빠르고 강력했다. 그 순간 그녀가 할 수 있는 거라고는 연검을 들어 올려 심장을 보호하는 것뿐이었다.

하지만 이우경의 홍염장 앞에 그게 얼마나 무기력한 저항인지 누구보다 잘 알고 있었다.

'그러게 도망을 치라니까!'

원망은 아니었다.

그저 안타까움이었다.

자신이 죽으면 그 다음은 루하의 차례일 것이다.

그리고 루하가 죽으면 동생 예천향의 생명도 그로써 끝이 나고 만다.

죽음과 직면한 이 순간에도 그것이 눈물 나도록 안타깝고 억울하고 슬펐다.

그런데 바로 그 순간이었다.

"멈춰!"

이우경의 홍염장이 설란의 연검을 부술 듯이 짓쳐 오던

바로 그때 루하의 검이, 루하가 뿌린 검기의 폭풍이 그 사이를 갈라 버렸다.

콰콰콰콰콰콰콰콰쾅!

이번 검기의 폭풍은 조금 전에 뿌렸던 것보다도 더 강력했다. 그 여력에 설란은 물론이고 이우경마저 주춤 뒤로 밀려날 정도였다.

그때부터였다.

그때부터 루하의 시간이었다.

푸르스름한 검기를 잔뜩 머금은 검이 푸른빛의 잔영을 사방에 뿌려 대며 이우경을 휘몰아치기 시작했다.

'이런!'

루하의 공격은 이우경을 당혹스럽게 만들기에 충분할 만큼 무겁고 강했다.

게다가 그 무겁고 강한 검이 만들어 내는 삼재검의 완벽한 검로는 이우경으로서도 간단히 공략할 수 있는 것이 아니었다.

이우경은 루하에 대한 생각을 수정했다.

지금까진 깜냥도 안 되는 것이 주제넘게 나서서 설란을 방해하고 있다고만 생각했다. 그것이 고맙기도 했지만 한편으론 한심하기도 했다. 그런데 지금 보니 그게 아니었다.

루하가 끼어들어 방해를 한 탓에 설란이 제 실력을 발휘

하지 못한 것은 맞지만 루하 역시도 설란으로 인해 그동안 제대로 실력을 발휘하지 못하고 있었던 것이다.

아무런 방해가 없어진 루하의 검은 정말이지 늑대처럼 사납고 호랑이처럼 압도적이었다.

"순수추주(順水推舟)!"

"주마관산(走馬觀山)!"

"엽리장신(葉裡藏身)!"

"독혈반미(毒歇反尾)!"

"흑호좌동(黑虎坐洞)!"

"청룡출수(靑龍出水)!"

연이어 퍼부어지는 공격의 연환은 천하의 이우경마저 몰아붙이고 있었다.

그 순간에 이우경이 할 수 있는 것은 그저 연신 뒤로 물러나며 그 거센 폭풍우가 지나가길 기다리는 것뿐이었다.

하지만 기다림은 길지 않았다.

얼마 안 있어 루하가 경험 부족을 여지없이 드러내고 말았다.

힘 배분의 실패였다.

정신없이 공격을 퍼붓다 보니 힘 조절에 실패했고 결국 마지막 초식인 비홍횡강이 끝이 나는 순간 호흡이 흐트러져 버렸다.

그로 인해 여실히 드러난 빈틈.

그 빈틈 속으로 이우경이 파고들었다.

"헛!"

루하가 다급히 헛바람을 삼키며 본능적으로 검을 떨쳤다.

그런데 그 순간, 이우경의 벌겋게 달아오른 손이 마치 뱀처럼 검신을 타고 오르는 것이었다.

교룡금나수(蛟龍擒拿手), 홍염장과 더불어 지금의 홍염마수를 있게 한 이우경의 또 하나의 성명절기였다.

찰나 간, 루하의 뇌리를 스쳐 가는 장면 하나가 있었다.

바로 장규가 죽던 장면이었다.

뱀처럼 검을 타고 올라 장규의 얼굴을 태워 버렸던 그 무시무시한 장면을 떠올린 루하가 기겁을 하며 내뻗은 검을 거둬들였다.

하지만 한발 늦었다.

이우경의 손으로부터 검을 빼내려는 찰나,

덥썩!

이우경의 손이 그보다 먼저 루하의 손목을 움켜쥔 것이다.

그 순간 지옥 염화와 같은 뜨거운 불기운이 손목을 타고 흘러들어 왔다.

"끄악!"

정신을 아찔하게 하는 고통에 절로 비명이 터졌다.

"안 돼! 떨어져!"

설란이 급히 이우경을 향해 달려들었다.

그러나 조급하고 무모한 공격이었다.

간격을 잃은 설란의 검은 이우경에겐 그 어떤 위협도 되지 못했다.

"어림없다!"

이우경이 설란의 공격을 비껴 내며 남은 한 손에 홍염을 옮겨 담아 그녀의 복부를 후려쳤다.

퍼억—!

"크윽!"

이우경의 일격에 실 끊어진 연처럼 날아간 설란이 처참하게 바닥을 뒹굴었다. 그런 중에도 힘겹게 몸을 일으켜 보지만,

"쿨럭!"

시커먼 피를 토하며 다시 쓰러지고 만다.

홍염장을 직격으로 맞았다.

루하를 구하기는커녕 애초에 두 발로 서 있는 것조차 무리인 상태였다. 그나마도 전력을 실은 게 아니었기에 망정이지 그렇지 않았다면 필경 그 일격에 목숨을 잃었을 터였

다.

그렇게 간단히 설란을 뿌리친 이우경이 차갑게 한 마디를 내뱉었다.

"서둘 것 없다. 어차피 다음은 네년 차례니까."

그러고는 정말로 끝장을 볼 생각인지 루하의 몸속으로 더욱 강렬한 불기운을 밀어 넣었다.

"끄아아아아악!"

해일처럼 밀려드는 불기운에 그야말로 살과 뼈가 타고 오장육부가 녹아내리는 것 같았다.

아무것도 할 수 없었다.

아무런 저항도 할 수 없었다.

심지어 검조차 들고 있을 수가 없었다.

루하가 할 수 있는 거라곤 그저 고통에 몸부림치며 비명을 질러대는 것뿐이었다.

그런데 바로 그때였다.

돌연 뭔가 얼음처럼 찬 기운이 전신 모든 곳에서 흘러나온다 싶더니 그것은 이내 단전의 내공과 섞였고, 그 순간 그토록 지독했던 고통이 거짓말처럼 멎었다.

단지 고통만 멎은 것이 아니었다.

찬 기운과 섞인 내공이 십이경맥과 기경팔맥을 마치 미친 말처럼 내달리기 시작했다. 그리고 그 폭주의 끝에 해일처럼 밀려들던 불기운과 그대로 충돌을 해 버렸다.

콰앙—!

폭발했다.

그리고 그 순간, 잡고 있는 루하의 손목을 통해 정체를 알 수 없는 엄청난 거력이 이우경에게로 몰아닥쳤다.

'헛!'

너무도 강력한 힘의 폭풍에 차마 항거할 엄두도 내지 못한 채 급히 뒤로 물러났지만 폭발의 여파를 다 피하지는 못했다.

"크흑!"

짤막한 신음을 토한 이우경의 입가에는 썩은 피가 주르륵 흘러내리고 있었다. 그러고도 두어 걸음을 뒤로 더 비틀비틀 물러나서는 경악과 혼란, 의문이 뒤섞인 얼굴로 루하를 본다. 그러나 그 모든 감정들보다 몇 배나 더 큰 것은 불신이었다.

"빙백마공?"

자신의 홍염을 밀어낸 것은 분명 극음의 기운이었다.

그리고 그가 알기로 이토록 홍염을 압도할 만한 극음의 무공은 빙백마공뿐이었다.

'허나 빙백마공이라니?'

북해빙궁의 독문절기를 저 소년이 대체 어찌 알고 있단

말인가?

'설마 북해빙궁의 인물이었던 건가?'

하지만 지난 수백 년간 세상으로부터 철저히 문을 닫아 건 북해빙궁이었다.

북해빙궁의 인물이 정체를 숨기고 이런 삼류표국에 있을 이유가 대체 뭐란 말인가?

아니, 과연 그게 빙백마공이긴 한 것일까?

생각하면 할수록 의문은 꼬리를 물고 뭐가 어떻게 된 일인지 점점 더 알 수가 없게 되어 버린다.

어떻게 된 일인지 알 수 없기는 루하도 매한가지였다.

다만 이우경과 다른 것은 그의 몸 안에서 일어난 폭발임에도 불구하고 그는 전혀 아무렇지도 않다는 것이었다.

오히려 그 어느 때보다 기운이 넘쳤다.

몸은 가볍고 정신은 맑다.

운기조식을 마쳤을 때보다도 더 개운하고 상쾌한 기분이었다.

그만큼 상황 판단도 빨랐다.

'기회다!'

뭐가 어떻게 된 일인지는 모르겠지만 지금 이우경의 상태가 좋지 못하다는 것만큼은 한눈에도 알 수 있었다. 안색은 창백하고 토해내는 숨은 거칠다. 입가에는 아직도 검게 썩은 피가 꾸물꾸물 새어 나오고 있었다.

분명 내상이 심각한 것이다.

반대로 루하는 극음의 기운과 섞인 내공이 이우경의 홍염을 산산이 박살 내 버린 것으로도 모자라서 여전히 미친 말처럼 온몸을 질주하며 날뛰고 있었다. 그건 마치 어서 밖으로 내보내 달라고 아우성을 쳐대는 것 같았다.

점점 더 차가워졌고 점점 더 강력해졌다.

'홍염마수고 홍염장이고 간에…….'

지금이라면 충분히 이길 수 있다!

지금밖에 없다.

지금이 아니면 영영 기회가 오지 않을지도 모른다.

생각이 거기까지 미친 그는 이미 이우경을 향해 지체 없이 덮쳐들고 있었다.

그리고 몸속에서 날뛰는 그 차갑고 단단하고 강력한 기운을 주먹에 담아 그대로 이우경을 향해 퍼부었다.

쾅!

"크윽!"

이우경이 급히 손을 뻗어 루하의 주먹을 막았지만 거의 사, 오 장 거리를 주르륵 미끄러져 나갔다.

루하는 그 순간 확신했다.

'내가 더 쎄다!'

내상 때문이든 어쨌든 그의 주먹이 이우경의 손보다 강했다.

그의 안에서 날뛰고 있는 극음의 기운이 이우경의 홍염보다 더 강하고 더 단단하고 더 거셌다.

이길 수 있다.

이길 수 있다는 확신이 들자 살았다는 안도감보다 그간의 울분이 먼저 폭발했다.

살 떨리게 무서웠던 죽음의 공포.

생각만 해도 치가 떨리던 지옥 염화의 고통.

그리고 피를 토하며 안쓰럽게 비틀거리던 설란의 모습.

"이 개자식이!"

쾅!

"크헉!"

이우경이 이번에도 급히 손을 들어 막았지만 확연한 힘의 차이 앞에 다시 십여 걸음을 뒤로 미끄러져서 비틀거린다.

"이 개자식이 감히!"

쾅!

"쿠악!"

양 손목을 교차해 루하의 주먹을 막았지만 그 힘을 전혀 감당하지 못하고 거의 튕겨지듯 날아가서는 털썩 한쪽 무륜을 꿇는다.

"쿨럭."

피까지 토했다.

그리고 이어진 최후의 일격.

"이 개자식이 감히 누구한테 손을 대!"

단숨에 거리를 좁힌 루하가 지금까지보다도 더 강하게 주먹을 내질렀다.

그러나 이우경은 이우경이었다.

퉁겨지고 피를 토하는 그 순간에도 비장의 한 수만큼은 남겨 두고 있었다.

"혈염무화(血炎霧火)!"

그렇게 떨쳐오는 이우경의 손에는 홍염마수라는 별호가 무색하게도 시뻘겋게 달아오른 한 자루 비수가 들려 있었다.

혈염도(血炎刀)와 혈염무화(血炎霧火).

세상에 단 한 번도 내보인 적이 없는 비장의 무기였고 비장의 한 수였다.

심지어 팔공산에서 담웅에게 무참히 패하는 중에도 끝내 내보이지 않았던, 그것은 바로 그가 무인으로서 일생을 숨겨 온 삼 푼의 힘이었다.

당연히 그 예기치 못한 이우경의 공격에 루하는 기겁을

했다.

그러나 이우경이 일생을 숨겨 온 삼 푼의 힘인 만큼 가장 적절하고 절묘한 순간에 뿌려진 한 수였다.

피할 수도 막을 수도 없다.

당장에라도 시뻘건 혈염도가 루하의 주먹을 꼬치 꿰듯 꿰뚫어 버릴 위기의 순간이었다.

그런데 그때였다.

루하의 뇌리에 조금 전 자신의 검을 뱀처럼 타고 오르던 이우경의 교룡금나수가 떠올랐다. 장규의 죽음과도 겹쳐졌다.

그리고 그 순간 루하의 주먹은 의지보다도 빠르게 이우경의 혈염도를 타고 오르기 시작했다.

"뭐?"

자신의 성명절기가 느닷없이 루하의 손에서 펼쳐지자 그야말로 경악한 얼굴을 하는 이우경이다. 그리고 그의 얼굴에 가득 찬 경악과 당황이 미처 지워지기도 전에 루하의 주먹이 코앞까지 이르러 있었다.

피할 수도 막을 수도 없다.

루하와는 달리 그 순간 이우경의 뇌리에 떠오른 것은 그저 아득한 절망과 체념뿐이었다.

루하의 주먹이, 그 사납고 포악한 주먹이 그대로 이우경의 얼굴에 틀어박혔다.

콰앙!

"크아악!"

거의 패대기쳐지다시피 머리부터 땅바닥에 내다꽂힌 이우경이 비명을 토했다.

루하는 거기서 멈추지 않았다.

그간의 울분과 숨겨둔 한 수가 더 있을지 모른다는 두려움, 긴장, 초조, 흥분, 그리고 분노가 한데 뒤엉키며 그를 폭주시켰다.

쾅! 쾅! 쾅! 쾅! 쾅!

정신없이 주먹을 휘둘렀다.

"으아아아아아!"

광기에 찬 괴성마저 내지르며 몸속에서 날뛰는 그 차가운 기운을 모조리 다 이우경의 얼굴에 퍼부었다.

이윽고 그 기운을 모조리 다 퍼부은 끝에 기진맥진해서 주먹을 멈췄을 때,

"와아아아아!"

함성이 터졌다.

만수표국의 표사들이었다.

이우경의 존재는 그들에겐 절망이고 죽음이었다.

그런데 그 이우경이 지금 얼굴을 알아볼 수도 없을 만큼

짓이겨진 채 사지를 축 늘어뜨리고 있다.

천하의 홍염마수 이우경이 죽은 것이다.

그것도 고작 쟁자수의 주먹질에 무참하게 맞아 죽었다.

경악과 충격, 그리고 살았다는 안도와 환희가 지금 이렇게 들끓는 함성이 되어 터져 나오고 있었다.

그중에는 쟁자수랍시고 루하를 그토록 무시했던 임오연의 것도 있었다. 아니, 임오연의 것은 그중에서도 제일 크고 제일 요란했다.

반대로 천풍채와 혈응채의 도적들은 벌써부터 겁을 집어먹어서는 우왕좌왕하며 달아나기 바빴다.

단숨에 전세 역전이다.

그러나 정작 그러한 장면을 만들어 낸 오늘의 영웅은 표사들의 함성과 환호에 어리둥절한 표정이었다.

이우경과 싸우는 동안 까맣게 잊고 있었다.

표국도, 표사들도, 여기가 어딘지도, 자신이 쟁자수라는 것도.

오직 죽이지 않으면 내가 죽는다는 그 일념뿐이었다.

그리해 죽였고 그리해 살아남았다.

그뿐이었다. 그 뜨거운 함성과 열기가 있기 전까진.

사방에서 터져 나오는 함성과 환호성에 그제야 깨달았다.

자신의 발치에 아무렇게나 널브러져 있는 사내가 녹림의 거물 홍염마수 이우경이라는 것을.

모두가 보는 앞에서 자신이 그 흉악무도한 녹림의 거물을 꺾고 만수표국을 구했다는 것을.

그래서 저 함성과 환호가 오롯이 자신을 향하고 있다는 것을.

살면서 누군가로부터 이토록 열렬한 환호를 받아 본 적이 어디 한 번이라도 있었겠는가.

하물며 콧대가 하늘을 찌르던 그 대단하신 표사들이 자신을 향해 경외와 선망의 눈빛을 마구마구 던져 오고 있었다.

'이겼다!'

가슴 저 깊은 곳에서 울컥 뜨거운 것이 치밀어 올랐다.

'내가 이겼어!'

심장이 떨리고 손발이 떨렸다.

'홍염마수 이우경을 내가 이긴 거라고!'

머리부터 발끝까지 아찔할 만큼 짜릿한 전율이 전신을 타고 흘렀다.

도무지 가만히 있을 수가 없었다.

그리해 벌떡 몸을 일으킨 루하가 보란 듯이 하늘을 향해 크게 양팔을 벌렸다.

그리고 가늘 수 없는 격정을, 그 벅차오르는 감격을 마음껏 토해 냈다.

"우오오오오오! 내가 최고다아아아아아아아아아!"

第九章

내가 미쳤냐? 스스로 독을 처먹게?

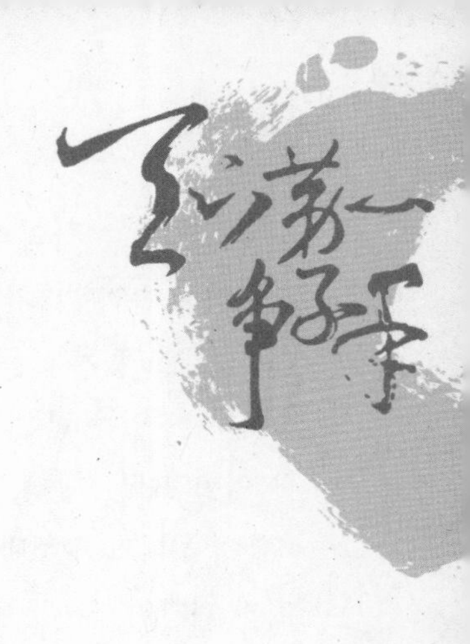

“자네들 그거 들었는가? 홍염마수 이우경이 죽었다는구만.”

“당연히 들었지. 강호에 이미 소문이 파다한 일 아닌가?”

“뭐? 그게 정말인가? 이우경이 죽었다고? 대체 누구한테? 어쩌다?”

“내 이럴 줄 알았지. 이 친구는 항상 소식이 늦다니까.”

“흐흐. 그러니 달리 먹통 소리 듣는 게 아니지 않나.”

“그러니까 어떻게 죽었는데? 답답하니 어서 말들이나 해보게.”

"이우경이 여산의 혈응채와 천풍채를 이끌고 만수표국의 표행을 습격했다가 도리어 당했다는 게야."

"만수표국? 처음 듣는 이름인데?"

"산서에 있는 일성 표국이라더군."

"일성 표국? 에이, 그게 말이 되는가? 일성 표국이라면 이우경 하나도 당해내지 못했을 텐데, 산채 두 곳까지 이끌고 간 거라며? 근데 무슨 수로 이우경을 죽여?"

"어허, 이미 강호에 소문이 파다한 일인데 우리가 뭣하러 자네한테 없는 말을 하겠는가."

"게다가 더욱 놀라운 건 이우경을 죽인 자가 표사도 아니고 쟁자수였다는 게야."

"어허, 이 친구들 이거 또 날 가지고 농을 하는 게로군. 예끼, 이 사람들아! 내가 아무리 소식이 어둡기로서니 그런 터무니없는 말을 믿을 것 같은가? 홍염마수 이우경이 쟁자수한테 죽어? 이 친구들 이젠 아예 사람을 바보 취급 하는구만."

"거 참, 진짜라니까 그러네. 정말로 홍염마수 이우경이 만수표국의 쟁자수한테 맞아 죽었단 말이네. 거 이름이 뭐라더라. 꼭 계집애 같은 이름이었는데…… 정……."

"정루하."

"맞아, 정루하!"

'계집애 같은 이름이라고?'

루하는 어이가 없었다.

별 이름 루(婁)에 하례 하(賀).

별자리 루의 축복을 받고 태어났다는 의미로, 화전밭이나 일궈온 일자무식의 부친이 마을 최고의 학자이자 그 마을 유일의 서당인 진서학당의 선생을 찾아가 무려 은자 한 냥에 동전 이백 문이나 쥐여 주고 지어온 이름이었다.

게다가 루의 별자리라고 하면 이십팔수 중에서도 가장 강인하고 용맹하다고 알려진 백호를 상징하는 서방칠수의 두 번째 자리였다.

죽은 부모로부터 물려받은 것 중에 유일하게 마음에 드는 것이 '루하'라는 이름인데, 뭐? 계집애 같은 이름이라니?

"운치도 모르고 멋도 모르는 무식한 것들 같으니라고."

"그러는 넌? 쥐새끼마냥 남의 얘기나 엿듣는 건 무슨 운치고 무슨 멋인데?"

언제 객방에서 내려왔는지 설란이 한심하다는 듯 핀잔을 주며 루하를 마주하고 앉았다.

그들은 무사히 표물을 전하고 돌아오는 길이었다.

이제 합양(合陽)을 지났으니 내일이면 산서 땅을 밟게 된다.

그 사이 물론 많은 것이 변했다.

표사들의 태도도 바뀌었고 동료 쟁자수들의 시선도 달라졌다.

당연히 대우도 위상도 그 전과는 천지차이다.

그들을 위해 마련해 준 객방만 해도, 전에는 열 명도 넘는 쟁자수들이 좁은 방에 꾸겨져서 잤는데, 지금은 쟁자수들이 자는 방보다 훨씬 더 크고 좋은 방을 루하와 설란 달랑 둘이서만 쓴다. 표두들도 이인실을 쓰기는 하지만 그들이 묵는 방보다 좁은 걸 생각하면 표국주 조철중이 일개 쟁자수인 그들에게 얼마나 특별한 대우를 해 주고 있는지 알 수 있었다.

아직은 표행이 끝난 것이 아니라 구체적인 말은 없었지만, 모르긴 몰라도 표행을 마치고 산서로 돌아가는 대로 따로 어떤 언급도 있을 터였다.

"잔다며?"

"몰라. 잠이 안 오네. 근데 넌 정말 이러고 싶니?"

"내가 뭐?"

"들르는 객잔마다 밤늦게까지 잠도 안 자고 맨날 귀를 쫑긋 세우고 있잖아. 사람들이 네 얘기 하는 거 들으려고. 남들이 네 얘기 하는 거, 그거 듣고 있기 안 민망해? 듣기 좋은 말도 한두 번이라는데, 이제 좀 안 지겨워?"

"아니. 전혀 안 민망한데? 내 욕하는 것도 아니고, 죄다 날 칭송하는 말들뿐인데 그게 왜 민망해? 들으면 들을수록 이제 진짜로 무림인이 된 것 같아서 난 완전 기분 좋은데? 그리고 내가 귀를 쫑긋 세우는 게 아니라 그냥 들리는 거거든? 가는 곳마다 온통 내 얘긴데 안 들으려야 안 들을 수가 없잖아."

사실이었다.

소문은 정말로 발보다 빨랐다.

그 일이 있은 뒤로는 가는 길목 길목마다 온통 그 얘기였다.

삼삼오오 사내들이 모여 있는 곳에서는 어김없이 그날의 일이 한잔 술의 안주거리가 되고 있었다.

그제야 홍염마수 이우경의 이름이 자신이 알고 있던 것보다 훨씬 더 컸다는 것을 알았다.

정말로 엄청난 일을 저질러 버렸다. 그로 인해 자신의 이름은 단번에 무림의 신진고수로 등극했다.

정체를 숨긴 쟁자수, 비밀에 싸인 신비 고수, 이번 표행을 위해 만수표국에서 극비리에 초빙한 북해빙궁의 고수라는 소문도 있었다.

"철포삼을 대성해서 도검불침이라던데?"

"무슨! 내가 듣기로는 검강의 고수라고 하더구만."

"아냐, 아냐. 홍염마수를 죽인 건 빙백마공이라던데?"

삼봉오룡(三鳳五龍)으로 대표되는 무림의 후기지수 구도에 새로운 변화가 찾아온 거라며 흥미진진해하는 사람들도 있었다.

그렇게 루하의 세상이 변했다.

천지무극조화지기의 기연이 그가 지금껏 보지 못한 세상을 보게 하고 지금껏 살아 보지 못한 세상을 살게 할 거라 했던 설란의 말이 현실이 되고 있었다.

"그러고 보면 만수표국이란 곳이 정말 용담호혈이로구만. 정루하라는 그자 말고도 홍염마수를 상대한 쟁자수가 하나 더 있었다며? 검술이 어찌나 천변만화하고 신기막측한지 홍염마수가 꼼짝도 못 했다던데 말이야."

갑자기 자신의 이야기가 나오자 설란이 순간 눈을 반짝이며 귀를 쫑긋 세웠다.

"자기 얘기 듣는 거 민망하지 않냐며? 그러시는 분께선 왜 귀를 쫑긋 세우는데?"

"내, 내가 뭐? 언제? 그런 적 없거든? 내가 너 같은 줄 알아?"

그러면서 왜 귀는 계속 그쪽에다 대고 있는 건데?

"예, 예. 어련하시겠습니까? 아무렴요. 의선가의 장녀께서 나 같은 쟁자수 따위와 같을 리가 없죠. 귀는 기울이고 있지만 관심은 없는 걸로.”

그래도 그런 새침한 내숭이 좀 귀엽긴 하다.

아니, 털북숭이 수염 때문에 마냥 귀엽지는 않다.

그냥 쟁자수로 묻혀 있을 때는 문제가 없었는데 이우경에게 보여 준 그 변화무쌍한 검술로 인해 새삼 그녀를 주목하게 되면서 다들 그녀의 변장을 어느 정도 눈치챈 분위기였다.

‘하긴, 변장이 워낙에 어설퍼야 말이지.’

이왕 변장을 한 거 나름 열심히 한답시고 목소리도 걸걸하게 바꾸고 걸음걸이도 사내처럼 건들거렸지만 눈썰미가 좋은 자들은 그녀가 여자라는 것도 이미 알고 있는 것 같았다.

‘이미 다 들통 난 거 같은데 이제 그냥 수염은 떼도 되지 않을까?’

그녀도 자신의 변장이 소용없게 된 걸 알고는 그렇게 물어왔다.

하지만 루하는 단호했다.

‘안 돼.’

‘왜 안 돼?’

'변장을 했는지 안 했는지가 중요한 게 아니니까.
중요한 건 네 얼굴이지. 그대로 드러내놓기엔 넌 너무
예뻐. 그래서 안 돼.'

루하의 말에 설란은 더는 반박을 못 하고 얼굴만 붉혔다.

다시 한 번 느꼈지만 낯간지럽고 민망한 말을 참 아무렇지 않게 말하는 재주가 있다.

'민망한 말을 참 아무렇지 않게 듣는 재주도 있지.'

사람이 솔직한 건지 뻔뻔한 건지 모르겠다.

그래도 그 종잡을 수 없음이 저속해 보이지 않는 것을 보면 이 정루하라는 소년에게 이젠 제법 익숙해진 것 같다.

"그건 그렇고……."

루하가 문득 생각났다는 듯 화제를 돌렸다.

"이왕 말이 나왔으니까 묻는 건데, 원래 의선가의 검술이 그렇게 대단했던 거야?"

아무리 칠백 년 동안 무림에서 버텨 온 의선가라고 하지만, 그래서 한 수 실력은 있을 거라 생각은 하고 있었지만 홍염마수 이우경을 상대로 그 정도의 검술을 선보일 줄은 전혀 생각지 못했다.

의선가의 검술이 그렇게 대단한 것일까?

잠시였다곤 해도 이 어린 소녀가 홍염마수 이우경을 곤

란케 할 정도로?

"의선가의 검술이 아냐."

"의선가의 검술이 아니라면?"

"단씨세가의 검술이야."

"단씨세가?"

순간 루하가 어리둥절한 표정을 했다.

단씨세가라면 무림에서 가장 위대한 여섯 가문 중 하나였다.

"의선가의 장녀가 어떻게 단씨세가의 검술을 익혀?"

"그야 단씨세가가 내 외가니까."

"뭐?"

"검향선녀 단자경이란 이름 정도는 들어봤지?"

"검향선녀 단자경? 당연하지! 천하사대미녀 아냐. 모름지기 사내로 태어난 놈이면 엄마 아빠 이름보다 먼저 알게 되는 게 바로 그 이름인데 내가 못 들어 봤을 리가 없잖아. 이래 봬도 이미 세 살 때 천하사대미녀들 이름 정도는 달달 외우고 다녔던 몸이라고."

"천하사대미녀는 무슨, 그게 언제적 얘긴데……."

"언제인 게 무슨 상관이야? 아직도 그녀들에게 견줄 만한 미녀가 나오지 않고 있다는 게 중요한 거지. 그만큼 그녀들의 미색이 대단하다는 거니까."

"우리 엄마야."

"응?"

"검향선녀 단자경이 우리 엄마라고. 단씨세가의 현 가주가 우리 외할아버지고."

"뭐? 진짜? 진짜 검향선녀가 네 엄마야?"

루하의 눈이 더할 수 없이 커졌다.

적어도 그 순간에는 단씨세가라느니 단씨세가의 가주가 그녀의 외할아버지라느니 하는 말은 귀에 들어오지도 않았다.

이 시대를 살아가는 모든 사내들의 꿈이자 희망인 고결하고 성스러운 천하사대미녀에게 이렇게나 장성한 딸이 있었다니? 게다가 그 딸이 설란이었다니? 지금껏 볼꼴 못 볼 꼴 다 보이며 한 방에서 지내 온 설란이 오매불망 꿈에서라도 보고 싶어 했던 천하사대미녀의 딸이었다니?

그야말로 충격 그 자체다.

믿기지 않았다.

하지만 그런 한편으로 뭔가 납득이 되기도 한다.

'그러니 저 나이에 저런 미모가 가능했던 건가?'

게다가 그녀의 검술이 단씨세가의 것이라면 이우경이 쉽게 공략 못 한 것도 이해가 된다.

'그러니까 뭐야? 천하제일의 의가인 의선가의 장녀에 외

가는 육대가문 중 하나인 단씨세가고 모친은 검향선녀 단자경이라고?'

이런 애를 두고 흔히 고상하게 이런 말을 한다.

'금 수저를 물고 태어난 천하에 복 받은 년!' 이라고.

'근데 표정이 왜 이래? 지가 얼마나 복 받은 년인지 자랑질하고 있던 거 아녔어?'

지나치게 어두웠다.

지금껏 이렇게 어두운 얼굴의 설란은 본 적이 없었다.

"돌아가셨어. 삼 년 전에. 동생과 같은 병으로."

그녀의 예기치 못한 말에 루하는 순간 흠칫했다.

그런 루하의 반응은 상관 않고 설란이 말을 이었다.

"구음연화절맥은 원래 모계를 통해서 유전되는 것이니까. 몇 세대에 한 번, 아주 드물게 나타나는 건데 어쩐 일인지 엄마의 병이 향이한테도 같이 발병했어. 어쩌면 원래는 내 것이었는지도 몰라. 아니, 분명 나한테 왔어야 할 게 향이한테 간 걸 거야. 구음연화절맥은 음의 성질을 가진 병이라 지금까지 단 한 번도 남자한테 발병한 적이 없던 병이니까. 남자와는 완전히 상극의 성질을 가진 병이기 때문에 그래서 향이의 증상이 더 심각한 거고."

파르르 떠는 작은 어깨가 안아 주고 싶을 만큼 애처롭다.

하지만 위로조차도 할 수 없을 만큼 설란이 내뱉는 말은 처연하다 못해 숙연하기까지 했다.

그러나 그것도 잠깐, 이내 평소의 단단한 눈빛을 한다.

"그러니까 반드시 영천단을 만들어야 해. 그래서 반드시 향이를 살려 내야 해. 내가 그렇게 만들 거야. 그러니까 너도 적극 협조해 주길 바라."

"걱정 마셔. 의선가에 가자는 것만 아니면 뭐든 할 테니까. 게다가 지금 내 단전의 절반을 차지하고 있는 게 수(水)의 정수라며? 금의 정수에 수의 정수까지, 일도 술술 잘 풀리고 있잖아."

이우경의 홍염과 충돌했던 그 차가운 기운이 수의 정수라고 한다.

'아마도 홍염의 화기에 반발해서 상극인 수의 정수가 깨어난 것 같아.'

지금 그의 내공은 단단하고 무거운 금의 정수가 절반, 차갑고 맑은 수의 정수가 절반, 그렇게 딱 반씩으로 나뉘어져 있었다.

의식을 하지 않을 때는 확연하게 다른 두 개의 성질인데 그걸 또 합치고자 의식을 하면 금방 하나로 합쳐지는 것이 뭔가 재밌기도 하고 신기하기도 했다.

"내가 곰곰이 생각을 해 봤는데, 아무래도 좀 이상해."

"뭐가?"

“지금 네 내공은 여전히 이십 년 정도의 수준이야. 아무리 금의 정수가 섞였다고 해도 그때 그 검기는 도무지 말이 안 돼. 지난번에 네가 처음으로 뿌렸던 검기도 사실은 지금 네 내공으로는 있을 수 없는 일이었어. 하물며 노화순청에 이른 이 갑자의 홍염을 압도할 정도의 빙공이라니? 백 번 천 번 생각해도 불가능해.”

“그래서?”

“내 생각엔 상생의 법칙이 작용한 거 같아.”

“상생?”

“상생의 법칙을 보면 금은 물을 나게 하고 또 성하게 하니까 물이 금과 섞이자 몇 배로 강해진 거지. 이우경의 홍염을 압도할 만큼.”

“흠…….”

설득력이 있다.

아닌 게 아니라, 절반씩으로 나눠진 내공을 하나로 합치면 원래 가진 기운보다 훨씬 더 크고 강한 힘이 느껴지곤 했었다.

“하지만 그럼 검기는? 그땐 수의 정수도 없었잖아? 근데도 검기가 그렇게 강해진 건 어떻게 설명할 거야?”

“나도 그 부분에서 막혀서 여러 가지로 고민도 하고 가설도 세워 봤는데, 아무리 생각해도 이 모든 걸 설명할 수 있는 건 하나뿐인 것 같아."

"그게 뭔데?"

"토(土)의 정수."

"토?"

"금을 나게 하고 성하게 하는 건 흙이니까. 그리고 흙이란 모든 만물의 근본이고 바탕이니까. 그러니까……."

"……?"

"토의 정수는 이미 처음부터 깨어 있었던 거라면?"

"뭐?"

"네가 천지무극조화지기를 흡수한 그때부터 이미 토의 정수는 깨어 있었다고 하면 지금까지의 일들이 설명이 돼. 그리고 만일 정말로 그런 거라면…… 금의 정수에 이어서 수의 정수가 깨어난 것도 우연이 아닐지도 몰라."

"우연이 아니라면? 금의 정수가 깨어난 건 철검에 반응을 한 거라며? 수의 정수는 홍염에 반발해서 깨어난 거고? 아냐?"

"아마도 맞을 거야. 그치만 그건 일종의 매개체일 뿐이지 원인이라고 할 수는 없는 것 같아. 철검에 반응해서 금의 정수가 깨어나는 그런 단순한 거라면 그 전에 목검을 휘둘렀을 때 이미 목의 정수가 깨어났겠지. 게다가 단지 같은 성질에 반응하는 거라면 이우경의 홍염에는 수가 아니라

화(火)의 정수가 깨어났어야 했고. 거기에선 아무런 규칙도 찾을 수가 없어. 내 생각에 중요한 건 매개체가 아니라 순서인 것 같아."

"순서?"

"토의 정수가 이미 깨어 있었다고 한다면 금의 정수는 토의 정수에서 비롯되었다고 봐야 해. 앞서도 말했다시피 상생의 법칙에 따라 금을 나게 하고 성하게 하는 건 흙이니까. 토의 정수가 금을 깨어나게 했다면 당연히 수의 정수가 깨어난 건 금의 정수 때문이겠지. 이게 무슨 의미인지 알겠어?"

"……?"

"이제 다음은 목의 정수가 깨어날 차례라는 뜻이야. 물은 나무를 나게 하고 자라게 하니까. 그리고 우리가 이제 해야 할 일은 목의 정수를 깨울 적당한 매개체를 찾는 것이고. 지금까지 내가 한 말, 이해 돼?"

"뭐, 대강은……."

대강은 이해를 했는데 왠지 좀 불길하다.

설란의 눈빛과 말투가 그에게 뭔가 무리한 것을 요구할 것 같은 분위기를 강하게 풍기고 있었기 때문이다.

"당연히 금의 정수가 깨어났던 때처럼 해서는 안 될 거야. 그건 어제 이미 실험을 해 봤고."

"잠깐만. 그럼 어제 나더러 이제부터 목검을 쓰라고 한 게 이것 때문이었어?"

어제 잠시 짬을 내서 삼재검을 휘둘러 보고 있는데 불쑥 목검을 한가득 내밀던 그녀였다.

'저번 전투에서도 느꼈지만 아직 기를 다루는 게 세밀하지가 못해. 힘 조절을 좀 더 능숙하게 할 필요가 있는 것 같아. 그러니까 이제부터 연습할 때는 목검을 써. 기를 목검에 담아낼 정도가 되면 힘 조절도 완벽해질 거야.'

그는 그녀의 말을 철썩 같이 믿었다.

이우경에게 일방적으로 공격을 퍼붓다가 한순간에 전세가 역전되었던 것도 결국 힘 조절을 제대로 못 한 탓이었다.

그래서 그녀의 세심한 배려와 가르침에 꽤 감동까지 해서는 서른 자루가 넘는 목검이 손아귀에서 산산이 부서져 죄다 가루가 되도록 목검을 휘두르고 또 휘둘렀던 것인데, 거기에 그런 꼼수가 숨어 있었을 줄은 꿈에도 몰랐다.

"그냥 겸사겸사였어. 목검 한 자루로 삼재검 전 초식을 모두 마칠 수 있게 되면 분명 지금보다 훨씬 더 능숙하게 기를 다룰 수 있을 테니까. 그럼 지난번과 같은 실수도 더는 하지 않을 테고. 그러니까 앞으로도 연습은 계속 목검으로 해."

"흥! 알 게 뭐람."

"뭘 또 그깟 걸로 삐치고 그래? 남자가 쪼잔하게."

"나 원래 쪼잔한 놈이거든? 별명이 밴댕이고 별호가 소갈딱지인 사람이거든? 아 됐고, 그래서 뭘 어쩌자는 건데?"

"목검을 휘두른다고 목의 정수가 깨어나는 건 아니란 걸 알았으니까 수의 정수가 깨어났던 것처럼 해 보는 수밖에."

"그게 어떤 건데?"

"생명의 위협을 느낄 만큼의 강한 매개체를 쓰는 거지."

"뭐라고?"

"목의 대표적인 성질이라고 하면 생명과 정화, 독과 해독이라고 할 수 있으니까 독을 쓰면 확실하지 않을까?"

"독을 쓰다니? 설마 나한테 독이라도 먹으라는 거야?"

"걱정 마. 내 생각이 맞다면 분명 목의 성질이 깨어나서 해독을 할 테니까."

"네 생각이 틀리면?"

"그땐 내가 치료하면 되지. 나 이래 봬도 의선가의 장녀잖아. 아무렴 내가 쓴 독을 내가 해독 못 하겠어? 해독약도 미리 만들어 놓을 테니까……."

"됐거든! 싫거든! 내가 미쳤냐? 스스로 독을 처먹게?"

"괜찮다니까. 내가 다 안전하게 할 테니까 나만 믿어."

"아, 글쎄 됐다니까! 안 한다고! 이제 좀 인생 풀리려는 판에 내가 미쳤다고 독을 먹어? 더구나 독을 먹고 나서 해독약을 바로 줄 것도 아니잖아? 분명 목숨이 간당간당할 때까지 목의 정수가 깨어나기를 기다릴 게 뻔한데, 그러다 한순간 시간을 놓쳐 버리면? 나 짤 없이 골로 가는 건데 내가 뭐 하러 그런 정신 나간 짓을 해? 안 해!"

"내가 그렇게 안 만든다니까 글쎄. 그리고 아까는 의선가에 가자는 것만 아니면 뭐든 할 거라며?"

"그거야 네가 이렇게까지 미친년인 줄 몰랐을 때 얘기고! 분명히 말하지만 안 해. 나 안 한다고 말했어! 난 절대로 독 같은 거 안 먹을 테니까 아예 꿈도 꾸지 마!"

더는 듣기도 싫다는 듯 휙 자리를 뜨는 루하다.

그런 루하를 보며 설란이 한숨을 푹 내쉬었다.

사실 별로 기대도 안 했다.

루하의 성격을 뻔히 아는 그녀였다.

그래도 가장 빠르고 확실한 방법이란 생각에 안 해도 될 그녀의 모친 얘기까지 꺼내서 한번 찔러나 본 것인데 아니나 다를까 씨도 안 먹힌다.

그래서 이내 포기했다.

그러나…….

“이 물 뭐야? 맛이 왜 이래? 혹시 독 탄 거 아냐?”

“이건 또 왜 이리 비려? 설마 독 탄 거야?”

“여기서 뭔가 이상한 냄새가 나는데? 솔직히 말해. 이거 독이지?”

“오늘 몸이 이상하게 무거운데? 설마 나 벌써 중독된 거야?”

산서로 돌아오는 여정 내내 그렇게 혼자서 미쳐 가고 있는 루하였다.

〈다음 권에 계속〉

DREAMBOOKS★